다시 사는 재벌가 망나니

KB123736

다시 사는 재벌가 망나니 33

2023년 8월 18일 초판 1쇄 인쇄
2023년 8월 23일 초판 1쇄 발행

지은이 맹물사탕
발행인 강준규

기획 이기헌 왕소현 임동관 박경무 강민구 조익현
책임편집 금선정
마케팅지원 이원선

발행처 (주)로크미디어
출판등록 2003년 3월 24일
주소 서울시 마포구 마포대로 45 일진빌딩 6층
Tel (02)3273-5135 Fax (02)3273-5134
홈페이지 rokmedia.com **E-mail** rokmedia@empas.com

값 9,000원

ISBN 979-11-408-1411-4 (33권)
ISBN 979-11-354-9456-7 04810 (세트)

다시 사는 재벌가 망나니

맹물사탕 현대 판타지 장편소설

◇ 33 ◇

ROK
MEDIA
로크미디어

Contents

1장

우리는 신화호텔 로비에서 조세화와 다시 만났다.

"그럼 곧장 내 방으로 갈까?"

조세화의 질문에 나는 고개를 저었다.

"아니. 한식당부터 가자."

"왜, 배고프니?"

"그게 아니라 네 방에 가는 건 나중에 가도 되지만, 메뉴는 미리 보고 수정할 부분이 있으면 그걸 먼저 하는 게 좋을 거 같아서."

조세화는 내 말이 그럴듯하다고 생각했는지 고개를 끄덕였다.

"그 말도 맞네. 그러면 그렇게 하자."

사실, 나는 어느 쪽을 우선시해도 상관없다는 입장이고, 오히려 조세화와 서류를 검토하다가 저녁을 겸해 한식당 메뉴를 체크하는 편이 내심 더 낫겠다고 여겼지만.

　'무슨 생각인지는 몰라도 크리스가 차에서 한식당 메뉴 체크를 먼저 하자고 말했지.'

　그래서 우리는 한식당으로 갔다.

　"죄송합니다. 지금은…… 아, 어서 오세요."

　"네, 안녕하세요."

　종업원은 내 얼굴을 기억하고 있는 모양인지, 이번에는 지배인을 대동하지 않고도 식당 안에 들어갈 수 있었다.

　"오, 왔나?"

　휴식 중인지 때마침 주방이 아닌 홀에 나와 있던 오성환이 내게 인사를 건넸다.

　"안녕하세요, 형. 메뉴 체크하러 왔어요."

　"하하, 안 그래도 언제 오나 궁금하던 차였다. 그리고……."

　조세화가 방긋 웃으며 인사했다.

　"안녕하세요. 오빠."

　"그래, 세화도 왔냐."

　꽤 친근한 모습을 보여 주는 게, 두 사람은 어제 시식을 하며 친해진 모양이다.

　오성환은 자연스럽게 내 곁의 크리스를 보았다.

　"그런데…… 응? 너는 저번에."

그는 내 곁의 크리스를 발견하곤 알은체를 했다.

'두 사람은 또 언제 만났대?'

크리스가 시저스에 갔던 건 그저께, 오성환은 그 시각 조세화의 저택이나 신화호텔에 있었을 텐데.

오성환은 내 어리둥절해하는 얼굴을 읽었는지, 먼저 나서서 말했다.

"빌딩 앞에서 택시를 기다리다가 만난 적 있거든."

"아, 그랬군요."

"응. 빌딩 앞을 서성이기에 길을 잃었나, 해서 은수가 오지랖을 부려 말을 걸었지. 그런데 지금 너랑 있는 걸 보니까 길을 잃거나 했던 건 아니었던 모양이군."

그렇게 안면을 튼 사이였나.

'그나저나 크리스 녀석, 오성환과 안면이 있다면 그렇다고 말해 줄 것이지.'

크리스를 보던 오성환이 고개를 돌려 나를 보았다.

"그런데 세화는 그렇다 치고, 얘는 또 누구냐? 설마 얘도 게스트야?"

오성환은 크리스를 이번 장여옥 방문에 함께하는 아역 배우 정도로 생각하는 모양이었다.

"아뇨, 그냥…… 오늘 하루 얘를 보게 됐거든요."

"그러냐? 고생이 많다."

오성환은 꽤 진심을 담아 말했다.

"그나저나 휴식 중이었어요?"

"응. 얼추 도안이 완성됐거든."

오성환이 자신만만하게 답했다.

"한동안 아이디어가 막혔는데, 어제 그, 누구더라?"

"서연 누나요?"

"그래. 그 누님이 다녀간 뒤로 몇 가지 제약이 풀리고부턴 일사천리였거든. 덕분에 표현 범위가 좀 더 넓어졌지."

이거, 살다 보니 최서연의 도움을 받는 일도 다 있구먼.

'오래 살고 볼 일이야.'

오성환이 말을 이었다.

"특히 달걀을 쓸 수 있다는 점이 주효했지. 동서고금을 막론하고 달걀 요리는 맛이나 영양 면에서 폭 넓게 쓰이거든."

조세화가 맞장구를 쳤다.

"네, 저도 느꼈어요. 오빠가 만든 달걀 요리, 되게 맛있더라고요."

"고맙다."

오성환이 씩 웃으며 자리에서 일어섰다.

"백문이 어쩌고랬지, 식사 시간은 아니지만 맛이라도 봐."

"쉬는 중인데 번거롭게 해 드려서 죄송해요."

"흥, 이미 와 놓곤 그런 소리냐? 금방 내올 테니까 앉아서 기다리고 있어."

그 말을 남긴 오성환은 주방으로 향했고, 우리는 종업원이 안내해 준 자리에 앉았다.

"정말, 성진이 너는 어디서 저런 요리사를 구했니?"

조세화의 말에 나는 어깨를 으쓱였다.

"그러게 말이야. 어쩌다 보니 인연이 닿았어."

"인연?"

오성환을 고용하게 된 건 조세화에게 한 말마따나 '인연'이라고밖에는 설명할 도리가 없는 일이었지만, 그 인연을 활용한 것은 전생의 내 지식이 한몫했을 것이다.

"응. 어떻게 된 일이냐면⋯⋯."

크리스에게 따로 설명하는 번거로운 일도 덜 겸, 나는 이진영의 소개로 제니퍼를 만나 그 레스토랑 창업을 도와준 일화를 전했다.

'딱히 숨길 일도 아니고.'

내 이야기를 들은 조세화는 눈을 동그랗게 떴다.

"그거, 인연이네. 그러면 너희 회사 빌딩에 시저스 본점이있는 것도⋯⋯."

"응. 삼풍백화점이 무너지면서 그 누나도 오갈 곳을 잃고말았거든."

"정말, 그 사건이 이렇게 연결될 줄이야."

나는 그 대목에서 크리스를 힐끔 쳐다보았는데, 크리스는한국어를 모르는 것처럼 표정 변화 없이 내 이야기를 묵묵히듣고 있을 뿐이었다.

조세화가 말을 이었다.

"그런데 성진이 너한테도 인연이지만, 그 사장 언니한테도 네가 인연이었겠다. 만약 그때 네가 도와주지 않았다면 지금의 S&S도 없었을 거 아니야?"

"뭐, 그렇지."

뭐, 전생을 감안하면 제니퍼는 내 도움이 없어도 해림식품에서 재기에 성공했을 것이고, 나 또한 해림식품을 넣지 않고 신화호텔과 연계해 S&S을 설립했겠지만, 조세화의 말에는 그냥 맞장구를 쳐주었다.

그러는 사이 종업원이 트레이 가득 음식을 담아 우리 테이블로 왔다.

"실례하겠습니다."

'식사 시간은 아니지만 맛이라도 보'라고 말한 오성환의 말이 무색하게, 음식은 한 상 가득 들어왔다.

'코스 구성이 아닌가?'

제대로 된 대접이 아니니 편의상 한 번에 다 놓았다고 하기에는 구성이 한정식에 가까워서, 나는 오성환이 코스 구성이 아닌 한 상 가득 차려 내놓는 전통적인 방식을 채택한 것이 조금 의아했다.

'……뭐, 나름 생각이 있겠지.'

어쨌거나 이미라의 컨펌도 받았을 테니까.

그렇다곤 하나 전체적인 구성은 불교신자인 장여옥에 맞

춰 갖가지 나물과 채식 위주였고, 가운데 놓인 신선로 속 전 요리도 두부를 활용한 것이 많았다.

'풀밭이네.'

그리고 종업원은 마지막으로 트레이에 담아 온 사기그릇에서 수란을 꺼내 유기그릇에 담은 뒤 우리 앞에 하나씩 놓았다.

"신선로 속 전 요리는 수란을 터뜨려 소스로 묻혀 드시면 더욱 맛있습니다."

그러며 종업원은 우리에게 몇 가지 메뉴 설명을 해 주었다.

"고마워요."

"맛있게 드세요."

종업원이 물러난 뒤, 우리는 맛을 보기 시작했다.

'호오.'

솔직히, 별로 기대하지 않았던 내 뒤통수를 후려갈기는 듯한 맛이었다.

'심지어 급식을 먹은 지 얼마 되지 않은 때라서 배가 고프지도 않은데.'

오성환이 구성한 메뉴는 얼핏 보면 (채소 위주이긴 해도)평범한 한정식 구성처럼 보였지만 반찬 하나하나의 맛이 내가 흔히 알던 것과 달랐을 뿐만 아니라 편견을 깨부수는 맛이었다.

'그렇기는 한데……'

왠지 모를 위화감이 느껴졌다.

문득 생각이 나서 크리스를 힐끔 쳐다보았더니, 크리스는 반찬 하나하나를 젓가락으로 집어 맛을 보더니 픽, 실소를 터뜨렸다.

'맛있다는 건가, 아니면……'

조세화가 빙긋 웃으며 말했다.

"어때, 맛있지? 이번에는 수란이랑 곁들여서 먹어 봐."

왜 네가 의기양양한 건지는 모르겠다만.

나는 조세화가 시키는 대로 했고, 그제야 그녀와 오승환이 자신만만해 한 이유를 알았다.

"……더 맛있네."

"그렇지?"

"응, 수란도 그냥 단순한 수란이 아니라…… 뭔가 더 있는데?"

"잘은 모르지만 아마 계란 자체에 밑간을 해 둔 걸 거야."

흐음, 한식은 전공이 아닌 데도 이 정도라니, 과연 오성환은 명불허전이군.

조세화가 크리스에게 슬쩍 말을 붙였다.

"크리스, 젓가락질 잘하네?"

크리스는 그 말에 묵묵히 고개를 끄덕였다.

"아, 이건 신선로라고 하는데, 그럼 크리스도 나랑 성진이가 한 것처럼……"

"아뇨."

크리스가 딱 잘라 말하며 젓가락을 내려놓았다.

"됐어요."

"……그래? 맛만이라도 보지. 그 왜, '다양한 경험'을 해 봐야 하잖아?"

나는 그쯤해서 대화에 끼어들었다.

"아직 식사 때가 아니니까 그렇겠지. 배가 부른 거 아닐까?"

"그런가? 그렇겠네. 하긴, 배부른 사람한테 강권하는 것도 좀 그렇고."

"게다가 미국에서 왔으니까 이런 구성이 낯선 모양이지."

"그것도 그러네."

다만 그러는 나도 배가 고픈 것은 아니어서, 음식 맛에 감탄한 것과는 별개로 조금씩만 맛을 보곤 젓가락을 내려놓았다.

그리고 오승환이 우리에게 다가와 뒷짐을 지고 섰다.

"식사는 어떠십니까?"

조세화가 입을 가리며 대답했다.

"맛있어요."

그리고 조세화는 입에 든 걸 꿀꺽 삼킨 뒤 말을 이었다.

"게다가 어제 먹었을 때보다 맛이 더 정돈된 느낌이에요."

조세화의 말에 오성환이 씩 웃었다.

"아마 장맛이 더 배어서겠지. 그리고 이게 원래 의도한 맛이기도 하고."

"그래요?"

"응. 어제는 맛이 충분히 밸 시간이 부족했지만 지금은 몇 시간이 더 지났잖아?"

"아하."

두 사람의 이야기를 들으니, 조세화와 오성환이 친해진 이유를 알 것 같다.

'나와 달리 조세화는 태생부터가 재벌가 아가씨이니.'

모친의 음식 취향은 소박한 모양이지만, 조설훈은 미식가로 이름이 높았고, 그런 조설훈의 피를 물려받고 유년기 시절 그와 붙어 다닌 조세화도 혀가 예민할 것이다.

'그런 미세한 맛의 변화를 알아챌 정도면, 오성환도 신이 날 수밖에.'

오성환이 나를 보았다.

"성진이 너는?"

"훌륭한데요."

나는 진심을 담아 말했다.

"배만 안 불렀으면 그릇을 비웠을 거 같아요."

"하하, 그러냐."

"그런데 형, 왜 코스 구성이 아니라 한 상 차림으로 구성하셨어요?"

내 말에 오성환은 기다렸다는 듯 답했다.

"곰곰이 생각해 봤는데, 코스 요리의 원형이라는 건 결국 음식이 식지 않도록 차례대로 내온 거잖아?"

"아, 그랬죠."

"하지만 이렇게 밑반찬 류, 식어도 무방한 요리라면 우리 전통대로 한 상 차림을 해도 괜찮지 않을까 해서. 대신 식으면 맛이 떨어지는 요리 같은 건 신선로로 대체해서 그걸 미연에 방지한 거고."

그 말을 들으니 절로 고개가 끄덕여졌다.

"말씀을 듣고 보니 그러네요."

"응. 게다가 한식이라는 건 밥을 먹기 위해 반찬을 먹는다는 거잖아? 그리고 그 개념 속에서 조합을 중시하는 거고. 그러니까 한 상 차림이야말로 한식의 정석은 아닐까 하고 생각했지. 그러면서도 뻔하지 않게 조금씩 킥을 넣어서 변화를 준 거야."

새삼스럽지만 요리와 관련해선 꽤나 입을 잘 터는군.

나는 오성환이 나름의 주제와 철학을 갖고 이번 메뉴를 구성했다는 것에 만족했다.

"그래도 그저께 먹은 연근튀김이 안 나온 건 조금 아쉽네요. 그거 맛있었는데."

"하하, 튀김류는 그야말로 갓 튀겨 낸 걸 먹는 게 최고니까. 정 먹고 싶으면 나중에 따로 해 줄까?"

"아니에요. 말이 그렇다는 거지, 배가 불러서요."

"그런 모양이네."

오성환은 흡족한 얼굴로 고개를 끄덕인 뒤, 크리스를 보았다.

"너는 어땠어?"

그야말로 다른 사람에게 물어봤으니, 혼자만 안 물어보면 서운할 테니까 물어봐 준다는 정도의 가벼운 어조였지만.

"It was terrible. (형편없군.)"

응?

크리스의 말에 우리 모두는 굳었다.

"어……. 뭐라고?"

아무리 그래도 terrible이란 영어를 알아듣지 못할 오승환이 아니지만, 그는 확인차 그렇게 물었고.

"형편없다고."

크리스가 한국어로 재차 말했다.

"신화호텔의 이름을 걸고 이딴 걸 내놓겠다니, 제정신인 건가?"

"……."

그 신랄한 독설에 오성환은 멍한 얼굴로 크리스를 바라 볼 뿐이었다.

'저 녀석, 이 상황에서 대체 무슨…….'

나는 이 어색한 침묵을 깨트리고자 얼른 입을 뗐다.

"하하, 크리스는 아무래도 밥상에 이렇다 할 고기가 없어서⋯⋯."

"그런 거 아니야."

내가 편을 들어 주려고 하는데도 크리스는 언짢은 기색으로 내 말을 끊어 냈다.

"내 말은 명색이 대한민국을 대표한다고 하는 신화호텔의 이름을 걸고 이런 구성을 취하려 한다면 첫 단추부터 잘못 꿰었단 거니까."

그제야 오성환도 퍼뜩 제정신을 차리곤 멍해 있던 표정을 진지하게 고쳤다.

"그게 무슨 말이냐?"

"말 그대로."

크리스가 코웃음을 쳤다.

"나는 지금 이 메뉴의 컨셉이 시작부터 잘못됐단 말을 하려는 거야."

이제 나도 몰라.

크리스가 말을 이었다.

"당신은 방금 전 한 상 차림이야말로 한식의 본질인양 이야기했지. 그러면서 코스 요리는 '음식이 식지 않도록 하기 위함'이란 궤변을 늘어놓았고. 하지만 정말로 그게 코스 요리의 본질이라고 생각하나?"

오성환은 떨떠름해하는 얼굴로 크리스의 말에 반박했다.

"하지만 역사적으로……."

"그래. 시초는 당신의 말대로였어. 하지만 그런 이유 때문에 세계 유수의 파인 다이닝 레스토랑이 코스 방식을 택하고 있을까?"

"……."

"기원은 기원일 뿐이야. 어느 정도 이상 급이 되는 레스토랑이 코스 방식을 채택하기 시작한 건 음식이 뜨겁거나 차가운 것과 별개로 그게 좋다고 생각해서지."

크리스가 상을 보았다.

"그런데 뭐라고? 한 상 차림이야말로 한식의 본질이다? 웃기지도 않는 소리군. 서양에서도 집에서 먹는 밥은 한 상에 차려 내놓는데? 그런 의미에서 이 메뉴는 당신의 에고이즘이 타협을 이룬 것에 불과해."

크리스는 비릿한 미소로 말을 이었다.

"식어도 괜찮은 반찬이니 한 상에 가득 차려서 내놓아도 된다? 뜨겁게 먹어야 좋은 요리는 신선로 방식을 채택하고 있으니 이대로 즐겨 주십시오? 대체 뭘 하자는 건지 모르겠군. 이렇게 내놓으면 고객은 요리사가 의도한 대로 맛을 음미할 수 있다는 건가? 만일 당신이 제대로 된 요리사라면 그 요리를 먹을 때 가장 적절한 온도를 맞춰 고객에게 내놓는 걸 목표로 해야 하지 않을까?"

"……나는."

오성환이 주먹을 꾹 쥐며 말했다.

"한식이라는 것은 상 위에서 조화를 이룬 식사라고 생각했다."

"그 생각은 존중해 주지. 하지만 그런 거라면 오히려 당신의 그 철학을 하나의 코스에 담아낼 수 있어야 하는 거야. 아니면 당신은 우리가 음식을 남긴 게 단순히 배가 불러서라고 생각해?"

최소한 나는 그랬는데.

하지만 도통 끼어들 분위기도 아니었고, 오성환도 크리스의 나이를 잊은 채 그 말을 진지하게 경청하는 듯해서 나는 크리스가 떠드는 걸 내버려 두기로 했다.

"뭐, 좋아. 백번 양보해서 우리는 식사를 하러 온 것이 아니라 메뉴를 테스트해보는 것이라서 그렇다고 치지. 하지만 우리도 테스트하는 입장이기 이전에 손님이다. 당신이 제대로 된 요리사라면 손님에게 요리를 대접하는 것이 레스토랑과 손님 사이의 대화라는 것쯤은 알고 있을 텐데?"

"......"

그 지적에는 오성환도 할 말이 없는 듯했다.

크리스는 그런 오성환을 물끄러미 보다가 어깨를 으쓱였다.

"뭐, 집어치우고. 이번 구성의 결정적인 문제점은 여기에서 당신이 뭘 말하고 싶은 건지 알 수 없다는 점이야. 당신은 한 상 차림 속에서 조화라는 컨셉을 밀어붙이고 싶었던 모양이지만 내가 보기에는 반찬들이 저마다 개성을 주장하며 제 할 말만 늘어놓는 시장통처럼 보이더군."

잠자코 크리스의 이야기를 듣는 오성환은 무표정했지만 화가 난 것 같지는 않았고, 오히려 크리스의 말에서 자신이 놓친 부분은 없었는지 재확인을 하는 듯했다.

'사람에 따라서는 단순히 꼬맹이가 헛소리로 치부할 수도 있을 텐데…….. 오성환도 난 놈은 난 놈이군.'

오성환이 입을 뗐다.

"그러면 너는 내가 여기 나오는 주제를 나눠 코스로 분리해야 한다고 생각하는 거냐?"

크리스가 고개를 끄덕였다.

"그래. 결국 코스 요리라는 것도 여기 한 상 차림에 나오는 것이 어우러져 제각각 코스 한 번에 하나씩 나오는 거다. 또한 코스 요리가 나오는 사이의 기다림 역시도 요리의 일부라고 할 수 있지. 그래야 고객은 배를 채우는 것에 급급할 것이 아니라, 요리 그 자체에 집중할 수 있게 되는 것이고."

어쩌면, 오성환은 우리 레스토랑에서 일을 하며 어느새 자신도 모르는 사이 '장사'에 맞춘 구성을 갖춰야 한다는 강박이 머릿속에 박힌 걸지도 모른다.

하지만 때때로 채산성을 도외시해 가며 해야 할 일이 있고, 지금도 바로 그럴 때였다.

'사업가로서는 크리스의 말에 동의하지 못하겠지만…….
어떤 미학적 관점에서 보자면 크리스의 말도 용인 못 할 바는
아니야.'

오성환의 경우는 어쩌냐면, 이제 나보다는 크리스가 말한
미학적 추구에 마음이 기운 듯했다.

묵묵히 크리스의 이야기를 듣던 오성환이 한숨을 푹 내쉬
었다.

"말 그대로야. 다 배운 것이고 그런 게 파인 다이닝의 기본
인데…… 뭐에 홀렸는지 깜빡하고 말았군."

크리스가 물었다.

"그나저나 디저트는 있나? 아니면 여기 있는데 그런 줄도
몰랐던 건가?"

"있어. 곧 나올 거다."

크리스가 씩 웃었다.

"좋아. 아무리 형편없는 식사라도 마무리 디저트가 훌륭하
면 그런대로 좋은 인상이 남는 법이거든."

마침, 주방에서 나온 종업원이 쟁반에 디저트가 담긴 접시
를 세 그릇 가지고 왔다.

'녹차 아이스크림인가?'

녹차 아이스크림이 언제 유행하기 시작했는가를 생각하
면, 확실히 오성환이 내놓은 디저트는 시대를 앞서가는 것이
었다.

한편 종업원은 묘하게 날카로운 현장의 분위기를 간파했는지, 메뉴 설명을 깜빡하고 '디저트입니다' 하는 말을 남기곤 냉큼 자리를 떠났다.

"호오, 이건."

크리스는 맛을 보기 전부터 감탄했다.

"알 거 같나?"

"대강은. 그래도 일단 먹어 보지."

이 자리의 날 서린 분위기에 휩쓸린 것일까, 우리는−조세화까지도−마치 진검으로 짚단을 베어 내듯 신중하게 아이스크림을 한 입 떠먹었다.

'이거, 훌륭하군.'

전생에도 녹차 아이스크림은 선호하지 않던 내 입에도 딱 맞을 정도였다.

한편, 가만히 녹차 아이스크림을 음미한 크리스가 빙그레 웃으며 오성환을 보았다.

"당신 아이디어야?"

"그래."

"뭐야, 하면 되잖아."

기분 탓일까, 크리스의 그 한마디에 오성환이 기뻐하는 것이 느껴졌다.

"게다가 이 가벼운 유분은…… 두유를 썼군."

"알겠어?"

"이 정도쯤은. 당도가 높은 편이지만 디저트라는 걸 감안하면 합격점이고, 그 당도조차 녹차의 쌉싸래한 뒷맛과 잘 어우러졌어."

크리스의 이야기를 들으며 다시 한번 먹어 보니, 그 말대로라는 느낌이 들었다.

크리스가 말한 '코스 요리가 나오는 사이의 기다림 역시도 요리의 일부'라는 말은, 그 한 접시에 대한 각각의 감상이 녹아들 시간을 두고 의견을 주고받으며 요리 그 자체의 여운을 음미하도록 하는 것이라는 것도 이해했다.

'상황도 왠지 모르게 크리스의 주장대로 기우는 분위기군.'

크리스는 미각이 뛰어날 뿐만 아니라 그 미학에 대해서도 잘 아는 듯해서, 그녀의 말에 신뢰성이 더해진 것도 있을 것이다.

오성환이 불쑥 물었다.

"그러면…… 크리스라고 했지. 너는 여기서 내가 뭘 넣고 뭘 빼면 좋을 것 같냐?"

"그건 요리사인 당신이 생각할 일이지. 나는 어디까지나 클레임을 걸어온 악질 고객에 불과해."

"그건 그렇군."

오성환이 픽, 쓴웃음을 지었다.

"아, 그래도 이 메뉴를 그대로 호텔 한식당 메뉴에 넣을 게 아니라면 계란은 빼는 게 좋겠는데."

안 할 것 같던 크리스가 조언을 더했다.

"들으니 이번 VIP는 불교도라며? 그러면 어중간하게 타협할 게 아닌, 그 컨셉에 물 타지 말고 이미지를 명확하게 밀고 나가는 편이 좋을 거라고 봐. 비건 중에도 여러 종류가 있지만 차라리 일체의 타협 없는 채식으로 밀어붙이는 편이 겉으로 보이는 컨셉 면에서도 더 낫지 않겠어?"

크리스의 말을 곰곰이 생각하던 오성환이 고개를 끄덕였다.

"고려해 보지."

최소한 오성환은 지금 크리스의 독설에 마음을 빼앗기고만 모양이었다.

'요즘 좀 자만하던 경향이 있었는데, 그게 수그러들게 됐군.'

오성환은 천성적으로 요리사일 뿐만 아니라, 요리에 진지한 사내다.

그는 자신의 성장에 도움이 되는 조언이라면 설령 어린아이의 이야기라도 경청할 자세가 되어 있는 것이다.

'뭐, 방금 전 크리스의 입에서 나온 건 어린애가 할 만한 소리가 아니었지만.'

다만, 고용주 입장에서는 그런 오성환의 성장을 기쁘게 반겨야 할지 잘 모르겠다.

'이러다가 파인 다이닝 레스토랑을 해 보겠다고 하면 어쩐

담.'

장기적인 관점에선 이득이 될 테니, 만일 그가 하고자 한다면 도움을 못 줄 것이야 없긴 하지만.

다른 건 별로 손대지 않고 젓가락질만 몇 번 깨작였을 뿐인 크리스는 녹차 아이스크림을 깨끗이 비운 뒤 자리에서 일어섰다.

"어디 가?"

"화장실."

잠자코 있던 조세화가 끼어들었다.

"같이 가 줄까?"

크리스가 질색하며 인상을 찌푸렸다.

"됐어."

이제 한국어 못한다는 컨셉은 집어치운 모양이군.

뭐, 방금 전 일장 연설을 쏟아 낸 판국에 이제 와서 그러기엔 이미 늦었기도 하고.

크리스가 자리를 떠난 뒤, 나는 미소 띤 얼굴로 오성환을 보았다.

"아, 형. 인사가 늦었네요. 잘 먹었어요."

오성환이 쓴웃음으로 내 말을 받았다.

"……아니, 뭘. 변변찮았지."

"아니에요. 저는 이것도 괜찮았는걸요."

어느 정도는 진심이다.

크리스는 엄격한 잣대를 들이댔지만, 개인적으로는 이 정도면 충분할 뿐만 아니라, 리뉴얼할 호텔 한식당의 대표 메뉴로 넣어도 충분하다고 생각했다.

'이미라도 컨펌을 했을 정도니까.'

물론 크리스가 추구하는 어떤 미학적 측면에는 이르지 못할지라도 이 정도면 상업적으로도 훌륭할 뿐만 아니라, 장여옥도 카메라 앞에서 대놓고 싫은 소리를 할 리도 없다.

'방송으로도 한 상 차림이 그림으로는 더 그럴듯하거든.'

이걸 일일이 코스로 내놓으면 방송에서 편집점을 잡아내기도 힘들 거고.

'게다가 파인 다이닝보단 이런 한 상 차림이 더 비용이 덜 들지.'

더군다나 '디저트가 훌륭하면' 어쩌고 했던 크리스의 말 때문이 아니라, 전반적인 식사 만족도도 꽤 높았으니.

이미라의 컨펌에는 이런저런 제반 사항을 모두 고려한 승인이 있었을 것이다.

하지만 오성환은 내 위로에 고개를 저었다.

"아니야. 그 꼬마 말이 맞아. 돌이켜보면 나도 그럴듯한 궤변을 앞세워 어느 정도 타협을 하고 만 것 같군."

조세화가 조심스레 끼어들었다.

"너무 신경 쓰지 마세요. 저도 어쭙잖은 코스 요리 따위보다 이게 훨씬 좋다고 느꼈는걸요."

"알아. 이래 보여도 어느 것 하나 허투루 만들지는 않았으니까."

자만이 아닌 자부심이 느껴지는 말이었다.

"하지만 그걸 누군가가 진지하게 먹어 준다면 요리사로서 그 이상 자부심을 느낄 만한 일도 없지. 그런 의미에서 그 꼬마의 말에 마음이 기운 것도 사실이고."

오성환이 어깨를 으쓱였다.

"반찬 하나하나에 온 힘을 기울인 것은 사실이지만 막상 무엇이 가장 좋았냐는 질문을 던지면 애매한 대답밖에 나오지 않을 것 같군. 오히려 그 대답에 방금 먹은 녹차 아이스크림이란 말이 나오면 몸에 힘이 쭉 빠질 것 같아."

"……."

그것도 그러네.

물론 나도 그렇게 답하기는 하겠지만, 내가 그렇게 말하는 건 녹차 아이스크림이라는 형식이 가진 가능성을 고려한 대답이지만.

"그래서 이 안은 여기서 폐기하고, 다시 코스 요리로 가 볼 생각이다."

오성환의 뒤이은 말에 나는 깜짝 놀라서 물었다.

"그러면 형, 처음부터 다시 할 거예요?"

"아니, 그렇지는 않아. 지금 막 코스 구성이 떠오르고 있거든."

오성환이 씩 웃었다.

"네가 말한 연근 튀김도 다시 넣어 볼 생각이고."

말은 그렇게 하지만 이 얼마 남지 않은 빠듯한 일정에 쉬운 길은 아닐 것이다.

'……나로서는 힘내란 말밖에 할 수가 없군.'

나란 인간은 전생 때부터 '식사란 배를 채우면 그만'인 부류였으니까.

그나저나.

'크리스 저 녀석은 대체 전생에 뭘 하던 녀석인 거지?'

이래서야 그녀는 마치 전생에 파인 다이닝 레스토랑을 줄기차게 다닌 것 같지 않나.

'그리고 또 한 가지 더.'

그러면서 나는 크리스가 이 메뉴를 반대한 이유가 단지 코스와 한 상 차림 사이의 우열을 가려 한 것이 아닐 것 같단 생각이 들었다.

'그건 결국 어디까지나 구실일 뿐이고……. 핵심은 다른 곳에 있다는 느낌이 드는군.'

"전화하면 그때 올라와."

식사(?)를 마치고 조세화가 묵고 있다는 호텔 방에 가기 전, 그녀는 '준비할 것이 있다'는 구실을 들어 나와 크리스를 잠시 단둘만 남겨 두었다.

조세화는 방 안에 중요한 서류가 잔뜩 있어서 룸 케어 서비스를 거절했다고 하니, 아마 부리나케 그 청소를 하고 있지 않을까.

'조세화는 방을 지저분하게 쓰는 경향이 있었으니까.'

뭐, 어차피 나 역시 크리스와 단둘만 있을 때 물어보고 싶은 것이 있었으므로, 조세화의 그 말을 반겼다.

어쨌거나.

"아깐 왜 그랬어?"

내 질문에 크리스가 고개를 돌려 나를 보았다.

"뭐가?"

"식당에서."

"아, 그거."

크리스는 '뭘 말하나 했더니' 하는 얼굴을 하며 심드렁하게 대답했다.

"너도 앞으로 중요한 미팅 같은 걸 할 때면 신화호텔을 이용하게 될 거잖아? 그 상황에 저딴 것이 나오면 삼광 그룹 전체의 위신에도 악영향이 갈 거니까."

"전생에 삼광전자 주식이라도 잔뜩 가지고 있었나 보군."

"아, 그래. 10만 전자에 도달하지 못해서 아픈 가슴을 술로 달랬지."

크리스는 한 차례 이죽거림으로 내 농담을 받아친 뒤 담담한 어조로 말을 이었다.

"하지만 그런 이유 때문만은 아니야. 방금 전 식탁에는 나와선 안 될 게 나왔거든."

"나와선 안 될 거? 그게 무슨 소리냐?"

크리스가 대답했다.

"수란."

수란? 그 말에 나는 턱을 긁적였다.

"최서연이 괜찮다고 했는데?"

크리스는 그런 나를 보며 픽, 웃음을 터뜨렸다.

"아무래도 그 여자가 하는 말을 곧이곧대로 믿어서 이런 낭패를 빚은 모양이군."

크리스가 말을 이었다.

"그건 특히 장여옥에겐 내놓아선 안 되는 메뉴였어."

나는 그 말에 미심쩍은 기분과 스멀스멀 피어오르는 불안감을 동시에 느꼈다.

"대체 무슨 소리냐?"

"장여옥이 내한을 한 건 이번이 처음이 아니지?"

"그래."

내가 알기로도 장여옥은 대한민국이 홍콩 영화에 몸살을 앓고 있던 전성기 시절, 방한을 한 적 있었다.

'그때 신화호텔에서 의전을 담당했다고 했지.'

크리스가 말을 이었다.

"그때는 별반 문제될 것이 없었지만, 지금은 아니다…….
그러면 여기서 생각해 볼 게 있겠지. 지금의 장여옥은 왜 '독
실한 불교신자'가 된 걸까?"

장여옥의 펜이 아니어서 그런 걸까, 크리스의 말에도 나는
떠오르는 바가 없었다.

"무슨 일 있었어?"

크리스는 흠, 하고 뜸을 들인 뒤 대답했다.

"이맘때 장여옥은 배 속의 아이를 사산하고 자궁까지 들어
냈다."

"……뭐?"

크리스의 말에 나는 화들짝 놀랐다.

"장여옥이 사산? 장여옥은 미혼이잖아."

아무리 '팬'이 아니라지만 나도 장여옥에 대한 기본적인 프
로필 조사 정도는 했다.

'그런데 하물며 사산에 자궁까지 들어냈다니?'

크리스가 비릿한 미소를 지었다.

"그러니 더더욱 모를 수밖에. 한창 잘나가는 미혼의 홍콩
배우가 예정에 없던 임신을, 심지어 그 아이를 사산하고 자
궁에 이상이 생겨 수술을 치렀다는 이야기를 공공연하게 떠
들 수 있을 리가 없잖아?"

"……."

"아무튼 나도 맛은 보지 않았지만 오늘 나온 수란엔 아마 유기농 유정란을 썼겠지. 아니 무정란이라도 상관없어. 어쨌건 그 구성으로는 사실상 장여옥한테 엿이나 먹으란 소리나 다름없는 거였거든. 그러니 이래서야 그게 코스든 한 상 차림이든 할 것 없이 장여옥이 자리를 박차고 일어나도 할 말이 없는 메뉴지."

크리스의 말마따나 장여옥이 그 일로 어떤 충격을 받아 '불교신자'가 되었다면, 오늘 메뉴 구성을 그대로 내보냈다간 장여옥에게 큰 민폐를 끼칠 뻔했다.

"그런데 너는 그걸 어떻게 알았냐?"

"어쩌다 보니."

크리스는 내가 그녀에게 했던 말을 그대로 받아친 뒤, 심드렁하게 말을 이었다.

"뭐, 팬이니까 그런 거려나."

"……"

"어쨌거나 넌 이번에 나한테 하나 빚진 거다."

전생에 장여옥의 개인사가 어떠했는지를 모르는 나로서는 크리스의 말에서 진위 여부를 따질 형편이 아니었다.

'설령 그게 크리스가 즉석에서 지어낸 거짓말일지라도……오늘 조언이 도움이 되긴 했으니까.'

그런데 크리스의 그 말을 듣고 보니 문득, 의아한 점이 있었다.

"그렇다면 장여옥과 친구라던 최서연이 우리에게 거짓말을 했다는 거잖아. 도대체 왜?"

그렇게 우리를 골탕 먹여서 최서연이 얻을 이득이 뭐가 있다고?

게다가 이 일은 우리에게도—만약 메뉴 구성을 바꾸지 않고 속행했다면 일어났을—'불행한 해프닝' 그 이상, 그 이하도 아니다.

크리스는 내 말에 무어라 반사적으로 대답하려다가 입을 다물고는 잠시 생각에 잠겼다.

"……그래, 나도 그게 마음에 걸리는군."

"그렇지?"

"너 혹시 최서연한테 밉보일 만한 짓 한 거 있냐?"

최서연에게 밉보일 일이라.

나는 잠시 생각하다가 고개를 저었다.

"……없어. 설령 있다 한들 그렇게 관계가 파탄 날 만한 짓은 하지 않았고."

"파탄까지는 나지 않겠지. 최서연이 빠져나갈 구멍을 만들고자 한다면 '나도 몰랐다'는 식으로 어떻게든 할 수 있을 테니까."

"최소한 지금 나는 무척 언짢은 기분이 드는데?"

"그렇다고 그게 네가 이후 최서연과 관계를 손절할 정도의 일인가?"

그건 아니다만.

크리스는 자신의 지적에 할 말을 잃은 나를 물끄러미 바라보다가 물었다.

"역으로 묻지. 최서연에게 너는 중요한 인물이냐?"

"……모르긴 해도 한국을 대표하는 대기업의 후계자와 척을 져서 좋을 건 없겠지."

"일련탁생의 관계로군."

크리스가 히죽 웃었다.

"내 생각에 너희 둘은 아마 서로가 서로의 아킬레스건을 쥐고 있을 거라는 생각이 드는데, 아닌가?"

"……."

나는 대답하지 않았고, 크리스는 코웃음을 쳤다.

"뭐, 대답하지 않겠다면 상관없어. 다만 최서연 그 작자를 너무 믿지 않는 게 좋을 거란 내 충고만큼은 염두에 두라고."

"……그러지."

크리스의 말 전부를 덮어 놓고 믿을 수는 없지만, 최서연에 대해서는 다시금 주의를 기울이기로 하자.

'크리스의 말마따나 이번에 최서연이 한 짓은 나도 대놓고 힐난할 수 없는 일이고.'

직접 신화호텔까지 찾아와 장여옥이 '먹을 수 있는 것'을 추천한 것은 최서연일지라도 그 제안을 채택한 것은 결국 우리였다.

그러니 나로서는 최서연의 행동이 어떤 악의에서 비롯한 함정이 아니길 바랄 수밖에.

"그나저나."

크리스가 짝다리를 짚고 서며 입을 뗐다.

"이번에는 아까 저택에서 하던 이야기의 연장인데, 너는 삼광 그룹 CEO를 공포하는 것에 후환이 있다고 했지? 그건 무슨 소리냐?"

"아, 그거."

나는 힐끗 주위를 둘러본 뒤 대답했다.

"이건 이번 생에 이성진으로 살기 시작하면서 생각한 거지만, 혹시 이성진이 죽은 건 경영권과 문제 된 것이 아닐지도 모른다는 생각이 들어서."

"응? 네가 지금 해 오는 건 그 경영 상속권을 공고히 하고자 함이 아니냐?"

"이건 어디까지나 보험이지, 핵심은 아니야."

나는 재차 말을 이었다.

"전생에도 이성진의 죽음은 의문투성이였거든."

"응?"

크리스가 눈썹을 씰룩였다.

"이성진의 최후가 구체적으로 어땠는데?"

나는 대답을 재촉하는 크리스에게 무어라 말을 해 주려다가 관뒀다.

'놈의 정체가 뭔지 모르는 이상, 내가 이성진을 향해 직접 방아쇠를 당긴 장본인인 걸 발설할 수야 없지.'

다만, 이 정도는 말해 줄 수 있을 것 같다.

"구체적인 건 나도 알 수 없어. 다만 내가 죽은 것도 어쩌면 이성진이 죽은 것과 무관하지 않은 것 같단 생각이 들더군."

그 말에 잠시 생각하던 크리스는 내게 슬쩍 물었다.

"……혹시 친구라서?"

"하하."

나는 웃음을 터뜨렸다.

"그럴 리가. 농담으로도 그런 소린 못 하지."

"……."

내게 이성진의 암살을 사주한 상대는 내가 이성진을 원수처럼 여기고 있다는 걸 확신하는 어조였다.

"다만 이성진이 그런 식으로 죽었을 때 삼광전자를 누가 차지하게 되었을까, 거기 생각이 미쳤더니 이성진의 죽음은 단순한 경영권 분쟁과 관련한 일이 아닐지도 모른다는 생각이 들더군."

"……하긴."

어째 떨떠름한 표정을 하던 크리스가 진지한 얼굴로 고개를 끄덕였다.

"그 상황에 누군가가 이성진의 자리를 대체하고자 한다면, 그가 유력한 용의자일 테니까."

크리스는 내가 하려는 말을 금세 알아차렸다.

"내 말이 그거야. 나도 그 결말을 보지 못한 채 죽었으니 이후 누가 삼광전자의 차기 CEO가 되었는지는 모르지만, 그런 독이 든 성배를 덥석 쥘 사람이 누가 있을까 싶더군. 결국 네가 말한 대로 삼광전자는 외부에서 전문 CEO를 고용해 체제를 이어 갔을지도 모르고…… 그렇다면 그 누구 하나 그 일로 이득 볼 사람이 없게 되니, 결말로서는 네가 말한 대로가 될 테지. 그래서 그 부분은 더 이상 고려하지 않기로 생각한 거다."

나는 어깨를 으쓱였다.

"게다가 삼광 그룹 창업자의 장손에게 그럴 의사가 없다 하더라도 누군가는 그 존재를 경계해 같은 일을 벌일지도 모르지."

"흠."

"그래서 혹시 이성진에게 사적인 원한을 가진 인물의 소행은 아닐까 하는 생각도 했지만……."

그런, 이익과 무관하게 이성진을 죽여서 없애고 싶어 하는 사람이 내게 총을 맡기는 짓을 할까.

하지만 그런 이야기를 크리스에게 할 수 없었던 나는 입을 다물었다.

"왜? 계속해 봐."

"아니."

나는 때마침 대화를 끝낼 적당한 구실을 찾았다.

"조세화가 전화를 걸었군."

"흥, 이제야 청소가 끝난 건가."

크리스는 코웃음을 치며 엘리베이터로 향했다.

"들어와."

방문을 두드리자 조세화는 기다렸다는 듯 문을 벌컥 열며 우리를 반겼다.

이미라가 내어주었다는 객실은 최상급 로열 객실은 아니었지만 방을 구분 지을 정도의 규모여서—아무리 재벌이라도 그렇지—아무래도 중학생 여자애 혼자서 묵기에는 과분했다.

'아마 이미라는 로열 객실을 내어주고 싶었겠지만, 조세화가 사양했을 거야.'

조세화가 안쪽으로 향하며 크리스에게 말했다.

"드링크 바 쓰려면 마음대로 써. 아, 혹시 회계도 볼 줄 아니?"

농담인지, 진담인지.

뭐, 크리스가 식당에서 보여 준 모습을 생각하면 나도 그녀가 회계를 볼 줄 안다고 해도 이상하지 않을 것 같단 생각이 들었지만.

"아니."

거짓말인지 아닌지, 아니면 회계를 볼 줄 알지만 할 생각은 없다는 것인지, 짧게 말한 크리스는 침대에 벌렁 드러누웠다.

"됐으니까 나는 없다 치고 일들 보셔."

그러며 침대에 누운 크리스는 여기가 제 집 안방이라도 되는 양 엉덩이를 긁적이며 리모컨으로 TV를 틀었다.

'이제 컨셉 같은 건 생각하지도 않는 모양이군.'

조세화가 쓴웃음을 지으며 나를 보았다.

"그렇다고 하니까 우리는 거실에서 서류나 볼까?"

"그러지."

"아, 성진이 너도 드링크 바 마음대로 써도 돼."

"아니야, 됐어."

우리는 크리스를 내버려 두고 거실에 앉아 서류를 살폈다.

"그런데 성진아."

조세화가 서류를 챙기며 툭하고 말을 꺼냈다.

"응?"

조세화는 침실을 힐끗 쳐다보곤 목소리를 낮춰 내게 물었다.

"쟤 진짜 뭐 하는 애니? 미국인 맞아? 아니 아직 초등학생인 건 맞지?"

"……나도 아직 초등학생인데?"

"넌 고학년이잖아."

뭐, 고학년이면 합자회사 설립 서류를 봐도 되는 건가.

한 차례 쏘아 붙인 조세화가 한숨을 내쉬며 말을 이었다.

"왠지 너 같아."

"……엥?"

그건 또 무슨 소리람.

조세화가 쓴웃음을 지으며 대답했다.

"뭐랄까, 너처럼 안에 다 큰 어른이 들어 있는 느낌이라고 해야 하나."

"…….'

어떤 의미에서는 정확하군.

"그런 거 보면 세상이 참 넓으면서도 좁아. 그치?"

"……그러게."

나는 일부러 건성으로 대답한 뒤 화제를 바꿨다.

"그나저나 이 부분 말인데."

"어디?"

나는 조세화가 크리스에게 필요 이상의 관심을 갖지 않도록 유의하며 조만간 개최할 임시주주총회에서 그녀가 발표할 내용을 살폈다.

'……크리스가 뭐 하는 인간이었는지는 나도 궁금하거든.'

봉식이파의 두목 최봉식의 행적이 묘연해진 지금, 그 두목 대행은 봉식이파의 2인자인 서동호가 전담하게 되었다.

두목 대행이 된 서동호는 대대적인 조직 개편을 감행했는데, 그중엔 어디서 구르다 왔는지 모를 놈들도 몇 명이 포함되어 있었다.

한편 부산 조폭 연합 측은 봉식이파의 그런 체재 변화에 신경 쓸 겨를이 없었다.

얼마 전 '소금 밀매' 건으로 경찰 측에 골탕을 먹인 것까지는 좋았지만, 거기에 당하고 만 부산 경찰은 '하나만 잡혀라'는 식으로 눈에 불을 켜고 간간히 각 조직의 사업장을 엎어 버리는 바람에 제 앞가림을 하는 데만도 급급했던 것이다.

사정이 이렇다 보니 그들은 당초 계획했던 광남파를 없애고 그들의 마약 밀매 루트를 빼앗아 온다는 꿈도 차일피일 미룰 수밖에 없었다.

그렇게 시간이 지나 어느덧 선선한 바람이 불어오기 시작할 무렵, 부산 조폭 연합은 어느 고급 중식당을 통째로 대절하여 한자리에 모였다.

부산 조폭계에서 이름만 대면 아는 거물들이 한자리에 모였지만, 어째 예전처럼 화기애애한 분위기는 아니었다.

다들 파라솔파 두목 양필두와 봉식이파 서동호 사이의 불편한 관계를 감지한 것이리라.

"동호야."

"예, 행님."

"얼마 전에 보이까네 니, 태화 빌딩에 돈 걸었더만?"

양필두가 이죽거리며 말을 이었다.

"거기는 내가 땅 고르기 할 때부터 침 발라 둔 건데, 뭔가 착오가 있었던 거 아이가?"

서동호가 피식 웃었다.

"아 거기요. 거기는 최 사장님이 부탁을 해가 어쩔 수 없었습니다."

양필두가 눈썹을 씰룩였다.

"최 사장 이름이 거기서 왜 나오노?"

"광안리에 밥 무러 갔다가 우연히 봤지예. 그래가 술 한잔 하믄서 이야기를 했는데, 거 얼굴이 누리끼리해가 꼴이 말이 아니더만."

"……"

"그래가 마침 내가 잘 아는 감리 아한테 함 봐 바라 했는데…… 거 을메나 철근을 빼가 묵웄으면 빌딩이 흐물텅거립니꺼. 마, 세꼬시도 그거보다는 뼈가 많겠더만. 이라다 삼풍백화점 꼴 보겠소."

서동호의 이죽거림에 양필두가 쾅, 하고 탁자를 쳤다.

"동호 니, 말 다했나?"

"……아, 씨. 거 모양 빠지구로."

서동호는 그 바람에 바지에 묻은 술을 냅킨으로 툭툭 털어내며 구시렁거리듯 말을 이었다.

"암튼 그거는 내도 최 사장 얼굴을 봐가 어쩔 수 없이 들어간 겁니더."

서동호가 냅킨을 탁자 위에 휙 던졌다.

"내도 사람 상대로 장사하는 입장에서 최 사장님 정도 되시는 분이 바짓가랑이 붙잡고 늘어지는데 매정하게 툭 쳐 낼 수야 있겠습니꺼. 돈은 채워야제, 정부는 감독 빡세게 하제……. 그래가 내 사람 목숨 살린다 치고 돈 좀 빌리준 겁니더. 행님이 이해해 주이소."

양필두가 인상을 구겼다.

"이게 사람을 빙시로 보나. 애당초 동호 니가 광안리에 올 일이 뭐 있는데?"

서동호는 양필두의 말을 태연하게 받았다.

"안 될 건 뭐 있습니꺼? 내도 부산 시민으로서 바닷바람 함 쐴 수도 있는 기지."

서동호가 양손을 무릎에 턱 올리며 양필두를 뚫어져라 보았다.

"거, 그라고 계속 아랫것 부르듯이 동호 동호 좀 하지 마이소. 내가 이리 봬도 봉식이파 두목 대행 자리로 나온 거 아니오."

양필두는 서동호의 말에 움찔했다가 그를 마주 노려보았다.

"그러니까 니 말은 인자 자리에 맞는 대우를 해 달라 이기가?"

"그리 되겠네예."

"……동호 니 마이 컸네."

"요새 잘 묵으가 쫌 크겠나 보네예. 그러는 필두 햄은 괜찮으십니꺼?"

"내가 왜?"

"빌딩 철근까지 빼가 팔아 묵으시는 거 보면은 살림살이가 팍팍하신 거 아닌가 해서예."

참다못한 양필두가 자리에서 벌떡 일어섰다.

"새끼, 니 말 다했나?"

"예. 그나저나 아까도 그 말씀 하시던데, 딴 건 몰라도 뭐, 귀는 아직 멀쩡하시네."

"이놈의 새끼가!"

보다 못한 석동출이 자리에서 일어섰다.

"자, 자, 그만들 하시고 앉으십시오."

석동출이 그들을 제지하자 양필두는 못 이기는 척, 제 자리에 앉았다.

"옘병, 역 앞에서 껌 팔아가 앵벌이하던 새끼가."

"파라솔 팔아가 관광객 등쳐 먹는 거랑 뭐 다르다고."

"니……."

석동출은 다시 한번 둘 사이를 제재해야 했다.

'나 원, 이래서 조폭 새끼들이랑 상종을 못 한다니까.'

석동출은 속으로 혀를 차며 자리에 앉았다.

'이게 위에서 말했던 내부 분열의 조짐인 건가?'

다들 돈줄이 말라 가고 있었다.

광남파를 쳐서 없애고, 그들의 마약 밀매 루트를 확보한 것까지는 좋았지만 문제는 돈이었다.

광남파가 마약을 거래하고 있던 칼리 카르텔은 이 사태를 신중하게 보았다.

하루아침에 거래 상대가 바뀌고 만 칼리 카르텔 입장에서는 부산 조폭 연합의 행태를 경계했고, 심지어 거래를 끊을 조짐마저 내비쳤다.

만일 부산 조폭 연합이 대한민국을 마약 청정국가로 탈바꿈하고 외세의 침략(?)에 저항하고자 하는 애국심으로 똘똘 뭉친 집단이었다면 거기서 일을 종료해도 좋았겠지만 애초부터 부산 조폭 연합은 이번 일로 떡고물을 챙기려던 집단이었다.

어쨌건 칼리 카르텔은 새로운 거래 상대가 된 부산 조폭 연합으로 하여금 거래량을 늘리는 것과 선금을 요구했다.

물밑 접촉을 마친 부산 조폭 연합은 그 거래에 응하기로 했다.

하물며 그들 중 '마약 밀매는 안 된다'고 강력하게 주장하던 최봉식마저 '경찰 수사를 피해 칩거에 들어간' 지금, 그들의 패악질을 막아 설 사람은 존재하지 않았다.

그러니 어쩌면 여러 수상한 정황에도 불구하고 서동호의

봉식이파 두목 대행직을 군말 없이 받아들이고 있는 것이 리라.

다만 거래를 이어 가기 위한 선금에는 억 단위의 금액이 요구되었고, 하늘에서 깨끗한 현찰이 뚝 떨어질 리가 없으니 다들 십시일반 하여 돈을 모으기로 합의하였다.

그러면서 부산 조폭 연합은 그 비용에 각 조직의 분담금을 비율로 따져 물건을 떼기로 하였고, 그들은 이 기회에 한몫 단단히 챙겨 볼 심산인지 조금이라도 더 많은 돈을 내려 눈에 불을 켜고 마른 걸레를 쥐어짜듯 사업장을 탈탈 털었다.

"그나저나 동철 씨."

모인 사람들 중 표면상 서열은 가장 아래지만, 출자금 비율이 가장 높은 서동호가 마치 이 자리의 대표라도 되는 양 거들먹거리며 입을 뗐다.

그러는 걸 보면 왠지 이미 그들 사이에는 납입금 액수에 따른 기묘한 서열이 형성되어 있는 듯했다.

"어째 약장수가 좀 늦는 거 같소?"

서동호가 말한 '약장수'란 광남파 출신 조폭인 오명태를 의미하는 것으로, 당초 부산 조폭 연합 편에 붙기로 한 그는 칼리 카르텔과 접촉 및 거래를 도맡아 오고 있었다.

"길이 막히는 모양이죠. 곧 올 겁니다."

"흠."

서동호가 찻잔을 들고 권한은 없고 책임만 가득한 대표인 석동출을 물끄러미 쳐다보았다.

"혹시나 해서 말인데, 금마가 우리를 배신 때리고 잠적해 뿌믄, 동철 씨한테도 별로 좋은 일 없을 거요."

은근슬쩍 선을 넘는 협박에 석동출은 표정 관리를 했다.

"걱정하실 거 없습니다. 이미 그 가족들도 저희가 관리 중이니까요."

"거, 돈 앞에서는 부모 자식도 없다드만. 그라고 따지고 보면, 그 새긴 이미 한번 배신을 때린 놈 아닌가?"

"……."

이 인간이 왜 이러지?

서동호의 말에 분위기가 가라앉았고, 그 직후 서동호가 웃음을 터뜨렸다.

"농담이요, 농담."

"……아, 예."

"그라도 혹시나 나중에 딴 맘이라도 품으믄……."

서동호가 차를 한 모금 마셔 가글을 한 뒤 바닥에 퉤 하고 뱉었다.

"별로 재미없을 거요."

"……물론이죠."

때마침 노크 소리 후 문이 열리며 오명태가 모습을 드러냈다.

"죄송합니다. 요 앞에서 사고가 나서 조금 늦었습니다."

"아, 그라요. 욕 봤심더. 앉으이소."

방금 전까지 그 뒷담을 까던 서동호는 오명태의 등장에 언제 그랬냐는 듯 반색하며, 이번에도 자신이 이 자리의 대표인양 입을 뗐다.

오명태는 좌중을 향해 고개를 숙인 뒤, 석동출 곁의 빈자리로 가서 섰다.

"우선, 출자하신 금액은 모두 달러로 환전하여 스위스 계좌에 입금하였습니다."

그러며 오명태는 들고 온 서류 가방에서 사진을 꺼내 탁자 위에 늘어놓았다.

서동호는 중국집 테이블을 빙글 돌려 제 앞에 사진을 가져와 오명태가 꺼낸 사진을 찬찬히 살폈다.

사진 속에는 달러 뭉치가 벽돌처럼 가지런히 쌓여 있었다.

"캬, 이거 참."

서동호가 감탄하며 제 자리에 사진을 놓은 뒤 테이블을 휘돌렸다.

서동호는 다른 조폭 두목들이 돌아가며 사진을 살피는 걸 보았다가 오명태를 향해 시선을 옮겼다.

"그라믄 명태 씨, 물건은 언제 오는 거요?"

"그쪽에서 입금을 확인한 직후, S국 브로커를 통해 배달될 겁니다."

"S국? 거가 어디요?"

"남미에 있는 조그만 나라입니다."

"처음 듣는데. 저번에도 이런 식이었소?"

의심을 풀지 않는 서동호에게 오명태가 담담히 답했다.

"아뇨. 예전에는 각 화물에 조금씩 숨겨서 들여왔습니다만 이번에는 물량이 많아서요."

"거, 양이 많으믄 짭새들이 냄새를 맡을 텐데. 언제쯤 오는 거요?"

"조금 걸릴 겁니다. 동남아 쪽에서 한 차례 분류를 한 뒤 분산을 시켜야 하거든요. 그다음 순차적으로 화물에 적재해서 부산항으로 들여올 예정입니다. 그리고."

오명태가 스테이플러로 엮은 서류를 인원수에 맞춰 꺼내 테이블에 놓자, 그들은 테이블을 돌려 가며 서류를 한 뭉치씩 챙겼다.

"중개 수수료를 포함한 예산 내역서입니다. 기밀성을 위해 이 자리에서 읽고 돌려주십시오."

그 말에 한동안 다들 뚫어져라 서류를 보았다.

다만 그렇다고는 해도 가방끈 짧은 이들이 숫자로 빼곡한, 그것도 영어로 적힌 내용을 쉬이 알아볼 리 만무했다.

"어디보자, 그러니까 이게…… 요만큼 썼다, 이 말이오?"

"예."

"달러로 이 정도면 한화론 얼마요?"

오명환의 대답에 누군가는 눈을 동그랗게 떴고, 누군가는 인상을 찌푸렸다.

서동호는 인상을 찌푸린 사람 중 하나였다.

"보소, 이 만큼 처먹고 나믄 남는 게 뭐 있다고?"

오명환은 충분히 예상했던 반응이라는 듯 담담히 대꾸했다.

"이번에는 초동 거래인 데다가 물량이 늘면서 그만큼 중개 수수료도 많이 나간 겁니다. 루트가 확보된 다음부터는 더 감면할 수 있게 됩니다."

"듣던 거랑 다른데. 너, 중간에 삥땅 친 거 아니야?"

실제로 삥땅이라도 치면 억울하지나 않지, 그 거액을 고스란히 안기부에 넘긴 오명태는 그 말이 여러모로 억울했다.

"그러면 어떡해야 믿어 주시겠습니까?"

서동호가 잠시 생각하다가 대답했다.

"이를테면…… S국이랬나? 거기 내가 직접 가서 물건 나오는 걸 본다거나."

이번에는 예상하지 못한 일이어서 오명태가 눈썹을 씰룩였다.

"……정말이십니까? 꽤 먼 곳입니다. 직항 비행기도 없고요."

"그럼, 눈 뜨고 코 베이는 것보단 낫지. 아니면, 내가 껴서 안 될 거라도 있나? 까짓것 휴가 차원에서 한번 다녀오면 되는데."

"……."

오명태가 망설이자 석동출이 끼어들었다.

"그렇게 하시죠. 저도 가겠습니다."

"동철 씨."

오명태의 말에 석동출이 고개를 까딱였다.

"안 될 거 없죠. 이 기회에 안면도 틀 겸해서 가 봅시다. 다른 분은 안 계십니까?"

석동출이 그렇게 나오자 서동호가 픽 웃었다.

"생각해 보니까 마냥 시간을 낼 상황이 아니구먼. 그라믄 이번 거래는 동철 씨가 맡아서 해 주시오."

석동출이 담담히 고개를 끄덕였다.

"예. 저도 제 돈이 어떻게 잘 쓰이는지는 확인해야죠."

다행히 잘 넘어갔군.

오명태는 속으로 안도했다.

'정말, 이 짓도 오래는 못 해 먹겠군.'

회담을 마치고 중국집을 나선 오명태는 주차장에 대 놓은 자차로 돌아와 한숨을 내쉬며 시동도 걸지 않은 운전대에 이마를 기댔다.

'어렵군, 어려워.'

안기부와 경찰, 그리고 조폭 사이에서 외줄타기를 하는 건 불과 얼마 전까지만 하더라도 광남파의 심부름꾼이나 다름없던 오명태에게 정신적 피로가 컸다.

'마음 같아선 사우나로 땀 좀 뺀 다음 호텔에서 푹 쉬었으면 좋겠는데.'

하지만 이 상황에선 그럴 수도 없다.

처음부터 뚜렷한 명분 없이 각자의 이익만을 생각했던 부산 조폭 연합은 와해 직전인 데다, 칼리 카르텔의 대리인은 하루아침에 거래 상대가 바뀐 바람에 이쪽을 경계하는 중이었다.

그래서 칼리 카르텔 측은 대한민국이 괜찮은 거래처임을 확인해 볼 겸 예상 수량을 웃도는 물건을 밀어 넣었고, 오명태는 부산 조폭들과 칼리 카르텔 사이를 오가며 중재를 하느라 요 며칠간 정신없는 나날을 보내야 했다.

그런 의미에서 오명태가 회담장에서 말했던 내용은 어느 정도 진실이 섞인 것이었다.

'이러다가 칼리 놈들이 돈만 빼먹고 물건을 보내 주지 않으면 말 그대로 나가리인데.'

그 뒷일을 생각했더니 오명태는 스트레스로 속이 쓰라렸다.

'약국에 들러서 위장약이라도 사 먹어야겠어.'

그때 똑똑, 창문을 두드리는 소리가 들려 오명태는 황급히 고개를 들었다.

거기에는 서동호가 씩 웃으며 서 있었다.

오명태는 윈도우 크랭크 핸들을 돌려 창문을 내렸다.

"서동호 씨? 무슨 일이십니까?"

"아, 별건 아니고."

퉁, 서동호가 차 지붕 위에 손을 얹으며 몸을 기울였다.

"안 바쁘면 밥이나 한 끼 하입시더."

마음 같아선 없는 구실이라도 만들어서 그 제안을 거절하고 싶었지만, 주위에는 이미 서동호의 부하들이 늘어서 있었다.

'뭐, 칼만 안 들었지 사실상 협박이군.'

오명태는 일단 그 제안에 한 발을 뒤로 뺐다.

"그러시면 제 입장이 난처해집니다만."

중개자로서 다른 거래 상대와 사적으로 만나는 일은 지양해야 할 일이었기에 오명태의 말은 정론이라고 할 수 있었지만.

"밥 한 끼 묵는게 뭔 대수라꼬. 그라지 말고 가입시더."

가장 많은 돈을 납입한 서동호는 현 시점에선 사실상 부산 조폭 연합의 실세였다.

그가 안하무인으로 나올 수 있는 건 광남파에서 빼돌린 각종 화기며 자산이 있기 때문이리라.

"……그러죠."

오명태가 못 이기는 척 고개를 끄덕이자 서동호가 씩 웃으며 자리를 비켰다.

"명태 씨, 말이 잘 통하는 사람이었구면."

서동호가 손을 내밀었다.

"내 차로 갈테니 차 키 주쇼. 내 동생이 명태 씨가 머무는 호텔에다가 깔끔하이 주차해 놓을 거요."

"……."

서동호의 손바닥 위로 자락, 하고 차 열쇠를 올려놓자 서동호는 고개를 돌려 부하에게 차 열쇠를 던져 건넸다.

"흠집 안 나구로 잘 몰그라."

"예, 형님."

"자, 그라믄 명태 씨는 저쪽으로 가십시다."

서동호가 오명태의 어깨에 손을 올리며 발걸음을 옮겼다.

"그나저나 차가 좀 낡은 거 같소."

"아, 예. 중고차입니다."

"거, 명태 씨 돈 잘 버는 줄 알았는데?"

오명태가 쓴웃음을 지었다.

"그럴 리가요. 겨우 벌어서 먹고삽니다."

"어허. 이거 광남파가 인재를 몰라보고 제대로 챙겨 주지도 않은 모양이오."

오명태는 순간적으로 서동호의 말이 의례적으로 던지는 말인지, 비아냥을 담은 냉소인지 판단하기 어려웠다.

"뭐, 그 덕에 명태 씨가 내랑 일하게 됐으니 그건 다행이구 먼."

다행히 농담이었던 것 같다.

"그러게 말입니다."

"거, 게다가 마누라랑 자식까지 있는 사람한테 말이야."

이번엔 명백히 은근한 협박을 담은 말이어서, 오명태는 표정을 관리했다.

"……그러게 말입니다."

서동호와 오명태가 외제 세단에 가까이 다가가자 부하 한 놈이 재빨리 뛰어가 뒷문을 열어 주었다.

서동호는 오명태에게 먼저 자리를 권한 뒤, 자신은 반대편으로 돌아가 오명태의 옆자리에 엉덩이를 붙였다.

"혹시 뭐, 가리는 거 있소? 체질이 안 맞는다거나."

"아닙니다. 주는 대로 잘 먹습니다."

"좋구먼. 그럼 소고기나 먹읍시다."

서동호가 운전석을 툭툭 두드리자 부하는 부드럽게 차를 몰았다.

그들이 올라탄 외제차에는 새 차 특유의 향취가 물씬해서, 오명태는 서동호가 이 차를 뽑은 지 얼마 되지 않은 모양이라고 판단했다.

'광남파 본부에서 채권이라도 챙긴 건가?'

오명태도 소문만 들었을 뿐이지만 그러잖아도 광남파 보

스 사무실 금고에는 각종 채권과 주식뿐만 아니라 금괴까지 몇 덩어리 있다는 이야기가 나돌았다.

서동호가 툭하고 입을 뗐다.

"차 좋지요?"

"예? 아, 예. 무척 좋군요. 소음도 적고."

"어제 뽑은 따끈따끈한 신차요. 마, 아무래도 두목 대행이란 감투를 쓸라니 보이는 것부터 달라져야 할 거 같아서."

"……그러셨군요."

갑자기 돈 자랑인가, 싶었더니 그가 어조를 바꿔 말을 이었다.

"아까는 실례가 많았소."

서동호가 말을 이었다.

"내가 거기서 깽판을 안 놓으면 딴 놈들이 했을 거거든. 저꼰대들은 나보다 더 한 걸 붙잡고 늘어질 테니까 불가피하게 악역을 자처했수다. 이해해 주시오."

"아닙니다. 이해합니다."

"진짜로?"

오명태는 손에 밴 식은땀을 바지에 슬쩍 문질러 닦았다.

"예. 사실 이번 중개 수수료 책정은 그들이 일부러 의도한 것이거든요."

"아, 그러니까 그 코쟁이 놈들이 일부러 그랬다?"

오명태가 고개를 끄덕였다.

"예. 칼리 카르텔은 신중한 자들입니다. 동시에 장사꾼이지요. 그들은 이번 거래를 통해 저희가 물량을 소화할 여력이 되는지 테스트를 겸해 그런 조항을 내건 거라고 할 수 있습니다. 그러니 몇 번 정도 거래를 거쳐 신용을 쌓고 나면 중개 수수료도 원래대로 돌아갈 겁니다."

"거 어렵구먼."

서동호가 투덜거렸다.

"그러니까 그 코쟁이 놈들은 우리를 믿지 못해서 보험을 든 거다? 새끼덜이 그걸 먹고 입 싹 닦아 뿌믄 우리만 좆되겠구먼."

그건 오명태도 우려하는 바였지만, 일부러 내색하지 않았다.

"그래서야 칼리 카르텔의 손해죠. 마찬가지로 신용이 걸린 문제거든요. 대한민국은 근래 경제 호황과 더불어 급성장하는 시장이고, 그들도 황금알을 낳는 거위의 배를 가를 만큼 근시안적이지는 않을 겁니다. 중국만 해도 흑사회, 일본은 야쿠자가 있는 반면 한국은 안전하니까요."

흑사회며 야쿠자를 예로 들자 서동호는 자존심이 상했는지—아마 한국 조폭의 위상이 그들에 미치지 못한다는 것에서 비롯한 터무니없는 생각일 테지만—잠시 언짢은 기색을 내비쳤지만, 오명태의 설명에 최소한의 납득은 한 듯 고개를 주억거렸다.

"신용이라……. 그렇군."

다행히 서동호는 오명태의 입장을 이해해 준 듯하다.

"그래도 좀 껄쩍지근하구먼. 어쨌거나 신용이란 게 눈에 보이는 것도 아니고, 중간에…… 어디였지?"

"S국 말입니까?"

"아, 그래. 거기 들도 보도 못한 나라의 브로커 놈이 중간에 돈을 그만치 떼먹는다니. 깽깽이들 표현을 빌리자면 '쪼까 거시기' 하요."

오명태가 쓴웃음을 지었다.

"그도 그만한 '신용'을 쌓은 것이니까요. 광남파에서 일한 바로는 그래도 제 본분에는 충실한 사람이었습니다."

"뭐, 명태 씨가 그렇다고 하니 나는 믿어야지."

서동호는 떨떠름한 기색이 가시지 않은 얼굴로 대답했다.

그러던 서동호는 손목시계를 힐끗 살피곤 다시 입을 뗐다.

"그나저나 명태 씨, 말씀하시는 게 왠지 가방끈이 좀 긴 거 같소만, 공부 좀 하셨나?"

오명태는 새삼 뭘 그런 걸 물어보나 싶은 생각을 하며 대답했다.

"아닙니다. 저도 어디서 주워들었을 뿐입니다. 이런 일 하면서 배운 거죠."

"아, 그래요?"

오명태의 말은 거짓이 아니었다.

해당 내용은 오명태도 석동출이며 김철수 등이 말해 준 내용을 그대로 옮겨 말했을 뿐, 그도 그런 원리까지는 잘 몰랐다.

"그것도 재능이지. 내 생각에는 명태 씨가 공부를 했으믄 한국대도 척 붙었을 거 같아서 그러오."

"하하, 과찬이십니다."

그때 서동호의 품속에서 핸드폰이 울렸다.

"어흠, 잠시 전화 좀 받겠소."

"그러시죠."

서동호는 보란 듯 전화기를 펼쳐 전화를 받았다.

"여보시오. ……뭐라꼬?"

왠지, 연극적인 느낌.

"하이고 마, 이 문디 자슥이. 그래가 우예 됐노? ……알았다. 나중에 이야기하자."

서동호는 전화를 끊은 뒤, 미안하단 얼굴로 오명태를 보았다.

"이거, 명태 씨한테 미안해서 우짜노."

"……저에게요? 무슨 일입니까?"

"아까 명태 씨 차 끌고 가던 놈 있지예? 임마가 고마 사고를 내뿟다고 합니다."

오명태는 잠시 그가 대체 무슨 말을 하는지 몰라 당황했다.

"사고요?"

"예. 아예 들이 박아가 마, 뿌사지뿟다네예."

"……."

"이거 미안하게 됐소."

"아닙니다. 그럴 수도 있죠."

오명태는 방금 전 전화를 받는 서동호의 연극적 어조를 상기하며 태연하게 답했다.

"아니. 그라믄 내가 미안해가 명태 씨 얼굴을 몬 보재. 흠."

서동호는 잠시 고민하는 척을 하더니 시원하게 말을 이었다.

"그라믄 이 차, 명태 씨가 가지시오."

"예?"

서동호는 당황하는 오명태를 내버려 두고 운전석의 부하에게 말했다.

"야야, 그리 됐으니까 나중에 차키 명태 씨한테 드리라."

"예, 형님."

서동호가 씩 웃으며 오명태를 보았다.

"그리되었으니 이 차, 받아 주시오. 마침 어제 뽑은 기라 쌩쌩하이 잘 나갑니더. 마침 저 박스 안에 서류도 있으니, 등록만 해뿌믄 이 차는 바로 명태 씨 꺼가 될 거요."

"……."

과연, 그런 거였군.

오명태는 서동호의 의도를 단박에 이해했다.

'처음부터 내게 뇌물을 건넬 생각이었던 건가.'

방금 전 손목시계를 힐끗거리던 것부터 시간을 끌던 쓸데없는 이야기에 때마침 걸려 온 전화까지, 부하의 사고 또한 거짓말일 가능성이 농후했다.

'말 그대로 놀랄 노자네.'

하지만 오명태가 놀란 건 그 통 큰 선물을 건네는 서동호의 스케일 측면이었지, 그가 뇌물을 건넨 그 자체가 아니었다.

'김철수의 말대로군.'

그러면서 이 일이 김철수의 예측대로 흘러간 것까지.

얼마 전 그는 오명태에게 이렇게 말했다.

「아마 서동호가 따로 접근을 할 겁니다. 그리고 그는 마약 사업을 독점하려 하겠죠.」

그리고 서동호는 오명태의 예상보다 빠르게, 심지어 통 크게 일을 진행했다.

어쩌면 서동호는 보기완 달리 나름대로 머리를 잘 굴리는 약삭빠르고 교활한 인간일 것이다.

'하지만 그런 서동호조차 결국 그 사람의 손바닥 위였군.'

오명태는 한때 김철수에게 대들고자 했던 자신의 어리석

음을 반성하며 빙긋 미소를 지었다.

지금은 그가 적이 아니어서 다행이다.

"그러면 감사히 받겠습니다."

오명태의 말에 서동호가 씩 웃었다.

"이거, 말이 잘 통하는 친구로구먼."

서동호는 오명태가 자신의 의도를 알아챈 것에 기뻐했다.

아마 이 뒤부터 서동호는 부산 조폭 연합을 끼지 않고 자신만이 마약을 거래할 수 있게끔 자신을 구워삶으리라.

'그런데 말이지.'

오명태가 속으로 혀를 찼다.

'이 차를 받아도 유지비가 더 들겠다.'

게다가 이 차는 아마…… 국가에 반납하게 될 것 같기도 하고.

'아이고 머리야. 아직 할부도 남았는데.'

가능하면 이 일이 끝나고 차를 파는 것 정도는 허락해 주길, 오명태는 진심으로 바랐다.

2장

오명태가 호텔로 돌아왔더니, 석동출이 어기적거리며 침대에서 일어서며 그를 반겼다.

"아, 오셨습니까."

"예. 조금 늦었습니다."

아마 방금 전까지 누워 있었던 듯, 석동출의 침대는 그가 누워 있던 흔적이 남아 있었다.

"문자로 받기는 했습니다만, 서동호랑 있었다면서요?"

석동출의 말에 오명태가 서류 가방을 탁자에 놓으며 대답했다.

"예. 그 중식당 주차장에서 곧장 만났지 뭡니까."

"곧장? 생각보다 일찍 접촉했군요."

"그러게 말입니다."

오명태가 가벼운 한숨을 내쉬며 넥타이를 풀어 침대로 던졌다.

"김철수 씨는요?"

석동출이 벽에 걸린 시계를 힐끗 본 뒤 대답했다.

"곧 올 겁니다. 시간에는 철저한 사람이니까요."

"그러면 그때 한꺼번에 보고를 드리죠."

"좋습니다."

둘은 다소 사무적인 대화를 주고받은 뒤 어색한 침묵에 잠겼다. 비록 한배를 탄 사이이긴 하지만 딱히 원해서 하는 일이 아니어서 그런지, 업무가 엮이지 않으면 둘 사이는 어색한 느낌이었다.

자신을 향한 석동출의 생각이 어떤지는 잘 모르겠지만 그가 전직 형사였기 때문일까, 최소한 오명태만큼은 석동출과 단둘이 있는 것이 괜스레 껄끄러웠다.

'이럴 줄 알았으면 그에게라도 간략한 보고를 할 걸 그랬나.'

오명태가 가벼운 후회를 하는 사이 석동출이 입을 뗐다.

"그러잖아도 오명태 씨가 안 계실 때, 저도 양필두의 연락을 받았습니다."

오명태는 석동출이 먼저 나서서 업무 이야기를 꺼낸 걸 내심 반겼다.

"양필두가 연락을 했습니까?"

"예. 저더러 중재를 해 달라는 부탁을 했는데…… 사실상 말이 연합 대표직이지 얼굴 마담이나 다를 바 없는 제가 뭘 할 수 있겠습니까. 사실상 푸념을 들어 준 것뿐이죠."

"중재? 무슨 일이 있었습니까?"

"아."

석동출이 깜빡 했다는 듯 말했다.

"실은 오명태 씨가 중식당에 오시기 전에 서동호와 양필두가 신경전을 벌였거든요. 그 왜, 태화 빌딩 건으로요."

"……아, 그거 말이군요."

서동호가 파라솔파 양필두의 구역인 태화 빌딩에 돈과 사람을 집어넣었다는 정보는 그들도 이미 알고 있었다.

"중식당에서는 양필두가 먼저 시비를 걸었습니다만, 서동호도 어디 할 테면 해 보란 식으로 받아치더군요."

석동출이 한숨을 내쉬었다.

"시기가 시기이니만큼 전쟁을 벌이지는 않겠지만……. 현재 서동호의 작태는 과하다고 봅니다."

오명태가 그 말에 동의하듯 고개를 끄덕였다.

광남파 소탕 이후 서동호의 행보에는 거침이 없었다.

지금은 양필두의 구역만 침범했을 뿐이지만, 서동호는 아마 추후 다른 조직의 구역까지도 넘볼 준비를 하고 있을 것이다.

그 자신감의 원천은 아마 광남파에서 입수한 각종 화기와 그 휘하에 집어넣은 인력에 있으리라.

"김철수 씨 말씀대로 그는 이 기회에 부산 조폭계를 자기 휘하에 두려는 거겠죠."

나중에 김철수가 합류하면 보고를 할 생각이었지만, 오명태는 내친김에 이어서 그와 있었던 일을 입에 담았다.

"마침 저에게도 추후 연합을 거치지 않고 물량을 댈 수 없는지 상의를 해 오더군요."

"……흠, 예상은 했지만 꽤 빠르군요."

"그러면서 그는……."

오명태는 잠시 망설이다가 주머니에서 차 열쇠를 꺼내 들었다.

"저에게 뇌물까지 줬지 뭡니까?"

눈을 가늘게 뜨고 열쇠에 새겨진 브랜드를 읽은 석동출이 픽 웃었다.

"이거 참, 좋은 차를 받으셨군요."

(전직)경찰 앞이어서 그런 걸까, 오명태는 괜히 시키지도 않은 말을 더했다.

"안 받을 수가 없는 상황이었습니다. 그게, 제 차에 사고를 낸 다음 그 사죄의 의미로 건네는 바람에……."

그러나 석동출은 오명태가 뇌물로 외제 세단을 받은 것에는 아랑곳하지 않는 얼굴이었다.

"그렇군요. 그나저나 이번에 물건 값을 내놓고도 그럴 여유가 있다니, 서동호가 꼬불쳐 둔 돈이 제법 되는 모양입니다?"

"……그러게 말입니다."

서동호는 저래 보여도 머리 회전이 빠른 인간이다.

어쩌면 이번 거래에 필요한 돈을 납입한 것도 그가 마음만 먹으면 거기에 드는 비용 전체를 부담할 수도 있었겠지만, 서동호는 일부러 그러지 않은 것이리라.

'지금 사업권을 독점하면 다른 조직의 견제를 받을 테니까.'

현 시점에서 힘의 균형은 명백히 서동호에게 기울어 있지만, 그 혼자서 부산 조폭 전체를 적으로 돌릴 정도는 아니다.

그러니 서동호는 카르텔과 '신용'을 쌓을 때까지 기다리는 중일 것이고, 준비를 마치는 즉시 부산 조폭계를 자신의 발 아래 둘 움직임을 개시하게 되리라.

이번에 양필두의 구역에 발을 걸친 것도 그에 앞서 간을 보는 것이고, 오늘 다른 조직이 양필두의 편을 들고 나서지 않는다는 걸 확인했으니 준비했던 오명태와 접촉을 개시한 것일 터.

'그조차도 김철수의 손바닥 위의 일이지만.'

김철수는 이미 부산 조폭의 내부 분열을 예견하고 있었다.

그는 차후 부산 조폭계가 서동호를 필두로 한 신세대와 석동출(마동철)을 중심으로 한 구세대로 나뉠 것이며, 이대로 내버려 두면 흐름상 서동호 측의 승리로 끝날 것이라고 했다.

'그러면서 김철수는 서동호가 이미 각 조직의 신세대에 속하는 인물들을 물밑에서 포섭 중이라고도 했지.'

범죄와의 전쟁 이후 조폭계는 그 이전과 이후로 세대가 나뉘었다. 그날 공권력의 무서움을 머릿속에 각인한 구세대는 몸을 사렸고, 신세대는 그런 구세대의 '나약함'을 우습게 여기며 불만이 쌓여 있었다.

그 대단한 조광조차—표면상—음지에서 발을 빼고 양지를 지향하는 중인데, 여타 조직들의 입장이야 말할 것도 없으리라.

하지만 모든 조폭이 조광처럼 될 수는 없으니 그들은 한창때에 비해 대폭 축소된 규모로 조직을 꾸려 나갈 수밖에 없었고, 어설프게나마 '좋았던 시절'을 기억하는 신세대가 그런 구세대를 두고 한물간 노인네 취급하는 것도 어찌 보면 당연했다.

처음부터 줄곧 가난했다면 모를까, 부자는 가난한 시절로 돌아갈 수 없는 것이다. 오명태는 예전 광남파의 위용을 떠올리며 속으로 쓴웃음을 지었다.

'내 기억에도 그때만 하더라도 조폭들이 대낮에 우르르 몰려다니며 거리를 활보할 수 있었으니까.'

그렇다고 오명태가 그 철없던 시절을 그리워하는 건 아니었다. 그때는 오명태도 말 그대로 밑바닥에서 형님들 잔심부름만 하던 처지여서, 그는 그 '잘나가던 시절'의 단물을 핥아 본 적도 없는 것이다.

'또, 당시는 아내를 만나기도 전의 일이기도 하고.'

아내의 기둥서방으로 지낼 때는 조직이 와해되어 오명태는 하루 벌어 하루 먹고 살기도 바쁜 처지였고, 그렇다고 다른 기둥서방들처럼 여자를 바깥으로 돌려 돈을 벌어오게 할 수도, 할 생각도 없었던 오명태는 한창 혈기왕성하던 시절 새벽부터 인력 사무소를 기웃거리느라 여념이 없었다.

어쨌건 서동호를 중심으로 소위 '신세대'가 뭉치는 일은 그 신세대 입장에선 '좋았던 옛 시절'로 복귀를 뜻하는 바였고, 서동호는 그들의 가려운 부분을 시의 적절하게 긁어 주며 각 조직의 내분을 조장하고 있는 것인데, 그들의 이런 급진성은 비단 젊은 혈기뿐만 아니라 범죄와의 전쟁으로 당시 허리를 담당하던 중책들이 모조리 학교로 가면서 생긴 공백 탓이기도 하리라.

'그나저나.

오명태가 속으로 생각했다.

'안기부에서는 대체 이런 내부 분열을 조장해서 뭘 얻겠다는 거지?'

그들에게 어지간한 건 장황하리만치 다 이야기해 주는 김철수도 이 작전의 핵심이 되는 '작전의 궁극적 목표'에 대해서는 말을 하지 않았다.

'설마하니 안기부가 이 기회에 음지를 관리하에 두려는 것도 아닐 테고.'

똑똑.

때마침 그들의 방을 두드리는 노크 소리에 오명태는 생각을 멈추고 자리에서 일어섰다.

"오신 모양이군요."

그나저나 김철수도 열쇠가 있을 텐데, 왜 번거롭게 저런담.

오명태는 문을 열고서야 그 이유를 알았다.

"아, 감사합니다."

김철수는 양손 가득 VCR 기기를 들고 서 있었다.

"오셨습니까?"

"예."

그는 석동출의 인사를 듣는 둥 마는 둥하며 성큼성큼 TV 앞으로 향하더니, TV위에 VCR 기기를 놓았다.

그 직후 김철수는 호텔 벽에 걸린 시계를 힐끗 쳐다보곤 안도의 한숨을 내쉬었다.

"다행히 안 늦었군요."

안 늦어? 그리고 웬 VCR?

'뭔 비디오라도 볼 생각인가.'

오명태는 내심 의아해하며 김철수에게 다가갔다.

"도와드릴까요?"

김철수가 TV 뒤편에 VCR을 연결하며 대답했다.

"아, 네. 그럼 콘센트 좀 연결해 주시겠습니까?"

"예."

그렇게 잠시 부산스럽게 기기를 연결하고 나자, 김철수는 리모컨을 들어 곧장 TV를 틀더니 채널을 KBC로 맞췄다.

−첫사랑의 달콤한 맛, 로제 초콜릿.

채널을 돌리자마자 이젠 로제 초콜릿 브랜드의 전속 모델이 되다시피 한, 요즘 잘나간다는 아역 배우 윤아름의 모습이 스쳐 지나갔다.

"뭔가 보시려고요?"

보고할 것이 산더미인데 다짜고짜 VCR을 설치하고 TV를 켠 김철수의 행동에 오명태가 궁금함을 참다못해 물었지만.

"쉿."

김철수는 장난스럽게 조용히 하란 신호를 보내곤 챙겨 온 비디오테이프를 VCR 기기에 밀어 넣었다.

"어디 보자, 녹화 버튼이……."

김철수가 설명서를 보며 더듬더듬 녹화 버튼을 찾아 누르자 TV상단에 곧장 '녹화 중' 글씨가 떠올랐다.

"오, 잘 돌아가는군요."

김철수는 그제야 고개를 돌려 오명태를 보았다.

"오늘 하는 〈먼 나라 이웃사촌〉은 꼭 챙겨 보려고요."

먼 나라 이웃사촌?

'뭐, 나도 가끔 채널 돌리다가 나오면 생각 없이 보는 프로

그램이기는 한데.'

설마하니 김철수가 그 방송의 애청자일 줄이야.

'왠지 매치가 안 되는 것 같으면서도 되는 것 같기도 하고.'

이래저래 김철수란 인간을 안 지는 꽤 되었지만, 무엇이 그 본모습인지는 오명태도 장담을 못 하겠으니.

'애당초 김철수가 본명일 리도 없겠고.'

김철수는 얼떨떨한 얼굴의 석동출과 오명태를 향해 빙긋 미소를 지었다.

"뭐, 원래도 자주 보는 프로그램이었습니다만, 오늘은 특별 게스트를 섭외했다고 해서요."

"특별 게스트?"

"신문도 안 보십니까? 무려 장여옥이 나옵니다."

장여옥? 어디서 들어 본 이름 같기도 하고.

오명태가 장여옥이 누군가 하고 잠시 생각하는데 석동출이 먼저 말했다.

"그 홍콩 배우 장여옥 말입니까?"

"아시는군요?"

"예……. 뭐, 그렇죠."

석동출의 말을 듣고서야 오명태도 '아, 그 장여옥' 하고 눈치를 챘다.

김철수가 싱글벙글 웃는 얼굴로 말했다.

"그래서 오는 길에 전자상가를 들러 녹화가 되는 VCR까지

사 왔지 뭡니까."

"팬이신가 보군요."

석동출의 떨떠름해하는 얼굴에도 아랑곳하지 않고 김철수
가 고개를 끄덕였다.

"그럼요. 장여옥이 출연한 작품은 하나도 빼놓지 않고 다
봤습니다. 몇 개는 비디오로 개인 소장도 하고 있죠."

"……아, 예. 그러시군요."

저 사람이 저런 면모도 있네.

석동출은 새삼스럽다는 듯 김철수를 보았을 뿐, 그런 생각
을 입 밖에 내지는 않았다.

"그러면 오늘 이야기는 나중에 하시죠."

"예. 그럽시다. 아, 시작합니다."

곧장 TV 속에 빠져들 듯 몸을 앞으로 기울여 가며 시청하는
김철수를 내버려 두고 석동출과 오명태는 어깨를 으쓱였다.

"그렇게 됐으니 저희도 봅시다."

"그러시죠."

석동출과 오명태도 하는 수 없이 김철수를 따라 TV를 시
청하기로 했다.

"와, 재밌었다."

나는 한성진의 감탄사를 들으며 고개를 끄덕였다.

"그러게, 잘 뽑혔네."

그러잖아도 장여옥이 출연한 〈먼나라 이웃사촌〉 특집 방송은 그 전부터 방송국 안팎에서 좋은 평가를 받았다.

전파를 타기 전 최종 편집본을 받아 본 나도 이만하면 시대상을 감안하지 않아도 꽤 괜찮은 방송이 뽑혔다고 자부할 정도였는데, 가까이 한성진의 감상을 들으니 '잘 만든 방송'이라는 것이 좀 더 확실하게 와닿았다.

'아마 이 정도면 조금 먼 미래에도 시청자들이 질릴 때까지 재방송으로 틀어 줄 거 같군.'

이번에 나간 방송은 3주에 나눠 방송될 특집편의 1편에 불과했지만, 국내에도 팬이 많은 장여옥을 다뤘다 보니 시청률 면에서도 자체 기록을 갱신할 만한 결과를 내놓을 듯하다.

'개인적으로는 길어도 2화 분량 정도면 적당하다고 생각하지만.'

뭐, 방송국 입장에서도 모처럼 특별 게스트를 섭외했으니 이참에 뽕을 뽑아 보고 싶을 것이란 심정을 이해 못 할 바는 아니다.

'또, 거기에는 방송에 내보내지 못하는 비공식적인 스케줄도 있었고……. 장면 제약만 없었다면 구성상 깔끔하게 3회 분량이 떨어졌을 텐데.'

내가 딴생각을 하고 있는데, 한성진이 고개를 주억거리며 감상을 이어 갔다.

"특히 이번 코스 요리를 보고 성환이 형을 새삼 다시 봤지 뭐야."

"하하, 형 앞에서 그런 말 하면 서운해하겠어."

"그런가? 칭찬인데. 성환이 형이 한식에도 조예가 깊은 줄 은 몰랐거든."

한성진이 입에 담은 것처럼, 결국 조성광 회장 자택에서 장여옥을 대접할 때 나간 건 코스 요리가 되었다.

아직 HD방송이 나오기 전임에도 불구하고 오성환이 세심 하게 준비한 코스 요리는 화면으로도 맛깔나게 보였으며, 실 제로 장여옥 또한 무척 만족해하는 모습이었다.

'그중 녹차 아이스크림은 한 그릇 더 달라고 말할 정도였 고.'

나중에 들으니, 장여옥은 카메라가 꺼진 뒤에도 녹차 아이 스크림만 세 그릇을 더 먹었다고 한다.

한성아가 거들었다.

"응, 게다가 TV로 보니까 더 잘생겨 보였어."

한성아의 말대로 오성환은 '화면빨'을 꽤 잘 받았다.

거기에 더해 오성환의 그 꽤나 잘생긴 얼굴 아래 그가 우 리 시저스의 헤드셰프라는 정보가 자막으로 나갔으니, 내일 시저스는 지점을 가리지 않고 만석일 것이 분명했다.

또한 방송에는 조성광의 저택이 아직 신화호텔에 넘어가

기 전임에도 불구하고 자막에 S호텔이란 뻔한 이니셜—그리고 마지막에 협찬 : 신화호텔이라고까지 나왔으니 빼도 박도 못할 것이다—을 달고 나갔다.

'이미라도 사전 녹화본을 본 임원들 반응이 고무적이었다고 했으니, 신화호텔이 저택을 인수하는 것도 사실상 확정이지만.'

덧붙여 그 직후 조광 그룹의 사명도 협찬사 목록에 스치듯 지나갔다.

그렇게 전파를 타고 나간 장여옥 특집 1편을 마치고, 내 무릎 위에 앉아 있던 이희진이 눈을 반짝이며 나를 보았다.

"오빠, 방금 그 아이스크림, 오빠도 먹어 봤어?"

"먹어 봤지."

"어땠어?"

그 대화에 한성진과 한성아도 눈을 반짝이며 나를 보았다.

"음, 너희들이 좋아할 맛은 아닐걸."

"에이, 그게 뭐야."

"희진이 너 저번에 녹차 먹어 봤지?"

"응, 쓰고 뜨겁고 맛없는 녹색 물?"

"……그거랑 두유를 섞어서 만든 아이스크림이거든."

이희진이 웩, 하고 인상을 찌푸렸다.

"왜 그런 이상한 짓을 했어?"

"……."

지금 이희진을 보고 전생의 그녀가 녹차 애호가로 성장하다 못해 자체적인 녹차 브랜드까지 만들었다고 말하면, 누가 믿을까.

"그런데 오빠, 아까 신화호텔? 이라고 나오던데 고모네 집에서 찍은 거야?"

이희진은 이제 한글도 곧잘 읽는다.

"정확히는 고모네 집이 아니라 회사에서."

"응? 뭐가 다른 거지?"

나는 이희진에게 법인과 개인의 차이를 설명해 줄까 하다가 핸드폰이 울리는 바람에 관뒀다.

"잠깐 전화 좀 받고 올게."

"응!"

나는 이희진을 한성진에게 양도차 그녀를 소파 옆자리로 옮겨 놓은 뒤, 자리를 옮겨 전화를 받았다.

"여보세요?"

—여보세요. 성진아, TV 봤어?

조세화였다.

"응, 방금 전까지 보고 있었어."

—그래? 아, 그러면 나중에 다시 전화 걸까?

나는 소파에 옹기종기 모여 방금 본 방송에 대한 감상을 나누는 애들을 보았다.

"아니, 괜찮아. 그런데 무슨 일이야?"

-아니 뭐, 별건 아니고…… 방송 잘 나왔다고, 축하라도 하려 전화했지.

　조세화는 얼마 전까지 자신이 살던 집이 공중파를 탄 것에 들떴는지, 여느 때보다도 목소리 톤이 조금 더 높았다.

　-영상으로 보니까 실제로 보던 것보다 더 멋있게 나오더라?

　"그러게."

　-성진이 너는 다음 편이랑 다다음 편도 봤지? 그다음에 어떻게 돼?

　"나도 몰라."

　나는 솔직하게 대답했다.

　"다음 편 가편집본은 봤지만 최종본도 아니었고…… 그런 상황이니 다다음편은 더더욱."

　-에이. 그게 뭐야.

　"생각보다 편집 일정이 빡빡하더라고."

　뭐, 그래도 장여옥이 한국에서 어떤 스케줄로 움직였는가 하는 것쯤은 머릿속에 들어 있지만, 굳이 나서서 밝히진 않으련다.

　'어쩌면 적당한 선에서 편집을 가할지도 모르고. 아무튼 이래저래 우려하던 바는 많았지만 촬영 자체는 무사히 잘 마쳤지.'

　조세화가 말을 이었다.

　-이럴 줄 알았으면 사인이라도 받아 둘걸. 그게 계기가 되어서 장여옥이 출연한 영화를 몇 편 봤는데, 되게 재밌더라.

"걱정 마. 이럴 줄 알고 미리 사인 좀 받아 뒀거든.

─진짜? 고마워!

스케줄이 빡빡한 장여옥은 방송이 전파를 나간 지금 시점에는 이미 홍콩으로 귀국한 뒤였지만, 현장에서 직감적으로 대박을 예상한 나는 장여옥에게 부탁해 그녀의 사인을 여러 장 챙겨 둔 상태였다.

─그런데 실제로는 어때? 장여옥. 오늘 방송에 나간 것도 본래 모습은 아닐 거 아니야?

"뭐, 차분하고 조용했어."

카메라가 돌아가는 중에는 일부러 텐션을 높인 장여옥이었지만, 카메라가 쉬는 동안의 그녀는 조용했다.

원래부터 그런 성격인지, 아니면 내가 본 그녀의 모습조차 크리스가 말했던 배 속의 아이를 사산한 이후의 모습이어서 그런 건지는 모르겠다.

그래도 한 가지 확실한 건, 장여옥이 그녀가 출연했던 영화에서 보여 준 생기발랄한 여주인공의 모습과는 거리가 멀었다는 것 정도.

이후 나는 장여옥의 팬을 자처하는 크리스와 몇 가지 이야기를 나눠 보았는데, 크리스도 그녀의 이번 방한이 전생에 없던 일이어서 대체 무엇이 계기가 되었는지 모르겠다는 말을 했다.

내 자의식 과잉이 아니라면, 그녀가 감명 깊게 보았다던

영화, 〈우리들 이야기〉도 방한의 이유 중 하나가 아닐까.

장여옥의 일정 중에는 방준호 감독과 윤아름을 만난 것도 있었는데, 장여옥의 매니저가 말하기를 그녀는 방준호 감독, 윤아름 주연의 독립영화인 〈우리들 이야기〉를 꽤 감명 깊게 봤다고 했다.

그게 빈말이 아니었던 모양인지, 실제 장여옥은 방준호 감독과 영어로 꽤 오랫동안 이야기를 주고받았고, 영어를 잘 못 하는 윤아름은 둘 사이에 낀 채로 비디오 속에서 시종일관 어색한 미소를 짓고만 있었다.

그 외에는 SBY를 통해 그들의 춤과 노래를 따라 하며 연습하기도 했고, 영어에 능통한 멤버인 미키를 끼고 꽤 기나긴 인터뷰를 하기도 했다.

물론 최종 편집본에서 거기에 어느 정도 분량을 할애하게 될지 모르지만, 그런 흐름이라면 장여옥도 적절히 국뽕을 채워 주면서 한국 팬 서비스를 톡톡히 해냈다고도 할 수 있겠다.

'아쉬운 점이라면 요한의 집에서 보여 준, 가장 좋았던 그 장면을 넣지 못한다는 거지.'

특히 장여옥이 요한의 집을 방문해 아이들과 놀아 주던 모습은 방송 편집에 문외한인 내 눈에도 좋은 그림이라고 생각할 장면이 잡혔는데, 그 자리에 동행한 통통 프로덕션 박승환 전무도 아쉽다는 듯 입맛을 다셨으니 사람 보는 건 다 비슷한 거 같다.

'그래도 장여옥이 요한의 집에서 보여 주던 그 솔직담백한 모습은 절대 방송에 내보내지 않겠다는 엄격한 조건을 달고서 방문한 것이니…….'

그러는 나도 장여옥이 요한의 집에 방문한 걸 방송으로 내보내 세간의 쓸데없는 이목을 집중하고 싶지는 않았다.

'특히 장여옥이 후원자 중 한 사람이 되겠다고 한 내용이 방송에 나갔다간 거기에 귀찮은 날파리가 꼬일 것이 분명하니까.'

장여옥을 요한의 집에 초대한 일은 최서연의 주도하에 이루어졌고, 최서연과 만난 장여옥이 그녀에게 꾸밈없는 미소를 보여 준 걸 보면, 장여옥과 친구 사이라던 최서연의 말도 마냥 허언이나 과장은 아닌 모양이었다.

내가 장여옥을 직접 만난 것도 그때로, 나는 그 비공식적인 일정 중 최서연이 인수한 요한의 집에 후원자 자격으로 참석했다.

별로 긴 이야기를 나누지는 못했지만 장여옥이란 사람이 어떤 사람인가 하는 정도는 알 수 있었던 시간이었다.

장여옥은 최서연이 해당 보육원을 관리하고 있다는 걸 알고 나선 그 자리에서 수표를 끊어 '익명'으로 막대한 기부금을 내기까지 했다.

이후 어딘지 모르게 서글픈 얼굴로 아이들이 노는 걸 가만히 지켜보던 장여옥의 옆모습은 나로 하여금 그녀가 왜 현시대를 풍미하는 대배우인가를 어렴풋하게 느끼게 해 주었다.

'그나저나…… 그런 최서연이 장여옥의 식단에 달걀 요리를 내놓아도 된다는 말을 한 건 지금도 이해가 가질 않아.'

최서연도 그런 장여옥의 비화까지는 몰랐던 것뿐일까, 아니면 크리스가 말했던 대로 그 안에 '다른 꿍꿍이속'이 있었던 걸까.

'꿍꿍이가 있다면 대체 무슨 꿍꿍이가 있었던 거지?'

그렇다고 당시엔 내가 최서연에게 그런 걸 따져 물을 자리도, 상황도 아니었고, 설령 그 일로 최서연을 추궁했다 하더라도 그녀가 빠져나갈 구멍은 얼마든지 있었다.

'조만간 크리스 그 녀석이랑도 이야기를 해 봐야 할 거 같긴 하군.'

생각하는 사이 조세화가 말을 이었다.

―그러면 내일 장여옥 사인 가지고 와. 알았지?

"그래, 알았어."

―액자에 넣어서 가지고 올 거지?

"……"

―농담이야. 그냥 안 구겨지게만 해서 가져와.

별것 아닌 시시한 농담을 던지는 걸 보니 조세화도 최근 일이 잘 풀려 가는 것에 기분이 좋은 모양이었다.

"그래, 그럼 내일 봐. 너도 일찍 자고."

―그럼, 물론이지.

마침 내일은 조광의 임시주주총회 당일이었다.

"흠, 흠."

방송이 끝나고 광고가 몇 개 연달아 나갈 때까지도 김철수
는 가만히 TV를 바라볼 뿐 아무런 반응도 하질 않아서, 오명
태가 헛기침을 했다.

"저, 이제 끝난 거 같은데요."

"……아."

김철수가 그제야 느릿느릿하게 고개를 돌려 오명태를 보
더니 빙긋, 미소를 지었다.

"죄송합니다. 잠시 여운에 잠겨 있느라."

그 정도였나?

김철수는 자리에서 일어서 녹화 중지 버튼을 누른 뒤 그들
을 보았다.

"무척 좋은 방송이었어요. 그렇죠?"

"예, 뭐."

김철수만큼 장여옥의 열정적인 팬은 아니지만, 방송 자체
는 잘 뽑혔다고 생각한 오명태는 고개를 끄덕여 긍정했다.

잠자코 있던 석동출이 침대에서 몸을 일으켰다.

"그러면 슬슬 오늘 있었던 일을 보고드려도 되겠습니까?"

"음……."

김철수는 잠시 생각하다가 고개를 저었다.

"내일 하는 건 어떨까요? 오늘은 여운에 잠겨 있고 싶은데."

……그럴 거면 오늘 여긴 왜 온 거람.

그것도 VCR 기기까지 바리바리 싸 들고 왔으면서.

"하하, 농담입니다."

왠지 농담처럼은 들리지 않는 어조로 김철수가 웃었다.

"그러면 잠시 쉬었다가 계속하죠. 저는 담배나 한 대 태우고 오겠습니다."

"아, 예. 다녀오십시오."

김철수는 담배를 챙겨 호텔 방을 나섰고, 그가 나가자마자 오명태와 석동출은 서로를 마주 보며 어깨를 으쓱였다.

흡연장으로 내려온 김철수는 담배에 불을 붙였다.

최근 들어 실내 흡연이 차츰 제한되는 중이었지만, 호텔 실외 흡연장에는 발렛 파킹을 하는 호텔 직원들 몇 명 정도만 있을 뿐, 고객 중 이 장소를 이용하는 건 김철수가 유일했다.

김철수는 묵묵히 담배 몇 모금을 빤 뒤, 주머니에서 핸드폰을 꺼내 어디론가 전화를 걸었다.

몇 차례 신호가 간 뒤, 상대가 전화를 받았다.

—여보세요.

"김철수입니다. 방송 잘 보았습니다."

—그러시군요.

그 평탄한 어조에 김철수는 실룩, 입매를 비틀었다.

"그 문제로 상담을 드리고 싶은데, 시간 괜찮으십니까?"

—음, 길게는 못 하지만 몇 분 정도는 내어드릴 수 있어요.

"충분합니다."

김철수가 말을 이었다.

"당초 예정하신 것과 내용이 조금 달라졌더군요."

—네.

"그쪽에서 한 일입니까?"

—아뇨. 저는 예정대로 진행했습니다.

"그런데 어째서 상황이 달라진 거죠?"

상대는 대답하지 않았고, 그사이 김철수는 담배를 한 모금 더 태웠다.

—사소한 변수입니다.

김철수가 픽 웃었다.

"그 변수를 만들지 않는 게 당신이 하실 일일 텐데요."

—압니다.

상대는 담담히 대답했다.

—그 일에 사소한 변수가 발생하기는 했지만 추후 얼마든지 수정 가능한 사안입니다. 또, 이 일로 지금 김철수 씨가 하시는 일에 영향이 가지

는 않을 겁니다.

"'그분'의 말씀입니까?"

-그렇습니다.

김철수는 저도 모르게 이죽거렸다.

"그런 거라면 미리 언질을 주시지 그러셨습니까. 그쪽과 달리 이쪽은 목숨이 왔다 갔다 하는 일이거든요."

-변수였으니까요.

"그 변수가 또 발생하면 어떻게, 책임을 지실 수 있습니까?"

상대가 말을 끊었다.

-푸념을 들어 드릴 시간은 없는데, 용건은 그게 전부입니까?

"저도 확인차 전화를 드렸을 뿐, 그쪽과 길게 이야기를 나눌 생각은 없습니다."

-잘됐군요. 저도 마찬가지니까요.

보통은 여기서 전화를 끊었겠지만, 오늘 일은 말 그대로 '변수'였던 것인지 평소와 달리 상대는 불필요한 말을 더했다.

-아까도 말씀드렸듯 그 일은 사소한 변수에 불과하니 김철수 씨는 걱정하실 것 없습니다.

평소보다 말이 조금 더 많은 걸 보니 상대도 이번 변수에 당황한 모양이라고, 김철수는 속으로 생각했다.

"그러죠. 이만 끊겠습니다."

김철수는 상대를 기다리지 않고 전화를 끊어 버렸다.

"……흥."

김철수는 피우던 담배를 입에 가져가려다가 손가락 사이에 낀 담배를 물끄러미 보더니 이를 곧장 재떨이에 비벼 껐다.

'명령이니 하는 수 없이 따른다만…… 신뢰가 가질 않는 자들이야.'

김철수가 돌아가려는데, 뒤에서 어, 하는 목소리가 들렸다.

"김철수 씨?"

고개를 돌리니 거기엔 얼마 전 합류한 김강철 형사가 있었다.

김철수는 빙긋 사람 좋은 미소를 지으며 김강철을 반겼다.

"오셨습니까?"

"예. 흡연 중이셨습니까?"

"예, 잠시."

"담배를 피우시는 줄은 몰랐습니다."

"꽤 오래됐습니다. 피우고 올라가실 거라면 기다려 드리겠습니다."

"아닙니다. 굳이, 뭐."

원래는 담배 한 대를 태우고 올라가려 했던 김강철은 김철수의 불편한 배려를 의식해 계획을 수정했다.

둘은 시시한 잡담을 나누며 엘리베이터에 올랐고, 중간에 다른 손님이 내린 걸 확인하자마자 어조를 고쳐 입을 뗐다.

"그러고 보이 오늘 깡패 놈들 회담이 있었다고 들었습니다만."

"예, 그랬죠."

"우예 됐습니까?"

"저도 아직 이야기를 듣기 전입니다."

뭐, 부산 조폭 연합 회담이 어떻게 돌아갔는지는 다 알고 있지만.

"마침 형사님도 오셨으니 함께 들어 보죠."

"그리 하입시더. 아 참, 부탁하신 건 잘 해결된 거 같습니다."

그는 현재 경찰 내부 수사 자료를 빠짐없이 공유해 주는 귀중한 인력으로, 김강철은 이번 임무에 합류하고부터 막중한 책임감과 막연한 흥분을 느끼는 중이었다.

"들으니까네 창원 공장 화재는 전기 합선으로 결론이 났고, 거기서 발견한 탄피도 묻어 놨습니더."

"좋은 소식이군요."

김강철이 가슴을 쭉 내밀었다.

"마, 더 큰 도적놈을 잡는 일인데, 잡스런 거는 묻어 놔야지예."

단순한 인간.

하긴, 단순한 인간이니 이번 일처럼 잠깐 쓰는 것에는 충분한 거지만.

그런 의미에서 강이찬은 보기와 달리 생각이 많은 성격이어서 써먹기가 힘들었다.

'쓸모는 많았는데…… 막상 놓치고 보니 조금 아깝기는 하군.'

뭐, 어차피 강이찬은 자신이 할 일은 모두 마쳤고, 그 이상 붙잡고 늘어져 봐야 의미도 없다.

오히려 강이찬은 지금처럼 이성진 곁에 붙어 그 보디가드를 겸하는 것이 더 낫다.

호텔 방문 앞에 선 김철수가 주머니에서 카드 열쇠를 꽂아 돌려 문을 열자, 침대에 앉아 지방 뉴스를 보고 있던 오명태와 석동출이 그들을 반겼다.

"오셨습니까."

"김 형사님도 오셨군요."

오명태는 김강철을 조금 어려워하는 눈치였지만, 전직 경찰이었던 석동출은 동질감을 느낀 것인지 다른 사람들을 대할 때보다 더 살가운 편이었다.

"예에, 밑에서 만나가 같이 왔습니다."

김강철이 씩 웃으며 대답한 뒤 고개를 갸웃했다.

"근데 호텔 방이 뭔가 좀 변한 거 같습니다?"

"아, 그거요."

석동출이 픽 웃으며 TV위의 VCR기계를 가리켰다.

"김철수 씨가 저걸 가져와서 그런 걸 겁니다."

"그러고 보니…… 웬 비디오 기계입니까?"

여기서 곧바로 위화감을 캐치하다니, 형사로서 감은 좋은 모양이군.

김철수가 싱긋 웃으며 대답했다.

"녹화할 게 있어서요. 자, 그보단 김 형사님도 오셨으니 오늘 있었던 일을 공유해 주시겠습니까?"

장여옥 팬인 걸 남에게 알리는 게 쑥스럽기라도 한 걸까, 석동출은 괜히 김철수를 놀리는 일 없이 곧장 본론으로 들어갔다.

석동출에 이어 오명태가 서동호와 따로 만났다는 이야기까지 끝나고 나자 김강철이 인상을 찌푸렸다.

"하, 서동호 금마가…….."

공적인 자리라면 공적인 자리여서 김강철은 말을 아꼈지만, 원래라면 그가 비속어를 추가하고 싶은 심경이라는 것쯤은 이 자리의 모두가 알았다.

"최봉식이가 그러라고 시켰을 리는 없으니, 분명 서동호 금마가 독자적으로 행동하고 있는 모양입니다."

김강철이 뇌까렸다.

"우짜믄 서동호 금마, 최봉식이를 빼돌린 것뿐만이 아니라 혹시 어디 감금해 놓고 있는 거 아닙니꺼?"

그 정도가 아니라, 최봉식은 이미 죽었을 것이다.

하지만 김철수는 알고 있는 바를 말하는 대신 김강철의 견해에 맞장구를 쳤다.

"그럴지도 모르겠군요. 다른 때도 아니고 지금 시기에 최봉식이 연합의 분열을 조장하는 짓을 할 리는 없으니까요."

"이거 참."

김강철이 툴툴댔다.

"인자는 의리도 명분도 아무것도 없구먼."

부산 토박이인 그에겐 '부산 하면 의리'라는 근본 모를 관습이 몸에 밴 듯해서, 그런 향토정신(?)을 위반한 서동호에 대해 불쾌감을 감추지 않았다.

김강철은 그러면서 오명태를 보았다.

"글고 서동호 금마가 오명태 씨한테 차까지 줬담서요?"

"아, 예."

오명태는 구태여 주머니에서 열쇠를 꺼내 그들 앞에 보였다.

"상황부터가 받지 않고는 못 배길 상황을 만들었더군요."

"좋은 차네."

김강철이 김철수를 힐끗 보았다.

"요원님, 이건 상정 범위 내의 일입니꺼?"

"뭐어."

김철수가 어깨를 으쓱였다.

"어쩔 수 없죠. 서동호의 의심을 피하기 위해서라도 오명태 씨는 한동안 그 차를 사용해 주셔야겠습니다."

쩝, '한동안'인가.

내심 기대하던 오명태는 떨떠름한 기분을 애써 감추며 김철수에게 물었다.

"그런데 제가 서동호에게 뇌물을 받은 걸 알게 되면 다른 조직이 가만히 있을까요?"

"이건 저희 내부 정보입니다만."

김철수가 대답했다.

"서동호는 이미 각 조직 신세대들과 물밑 접촉을 마쳐 둔 상황으로 보입니다. 그래서 이번 태화 빌딩 건도 양필두의 귀에 들어가기 전에 다 판을 깔아 놓을 수 있었던 거겠죠. 또한 설령 그 사실을 알았더라도 매몰 비용을 생각하면 오명태 씨에게 대놓고 해코지를 하지는 못할 겁니다."

김철수는 잠시 생각하는 척을 하다가 말을 이었다.

"어쩌면…… 이 상황에선 오히려 다들 오명태 씨를 포섭하려고 움직일지도 모르죠."

김강철이 픽 웃었다.

"이야, 이젠 집도 생기겠소."

나 들으라고 하는 소린가.

오명태는 김강철의 발언이 자신을 향한 비아냥거림인지, 아니면 제 욕심에 빠진 부산 조폭을 향한 경멸인지 몰라 가만히 있었다.

"물론 주는 걸 마다하실 필요는 없습니다만."

김철수가 말을 이었다.

"그럴수록 추후 오명태 씨의 신변이 위험해질 수 있다는 건 감안해야 할 겁니다. 그러니 오명태 씨는 되도록 남들 눈에 띄는 일 없이 지내 주시면 좋겠습니다."

하긴, 딸아이에게 들려 준 동화에 나온 것처럼 여기저기 붙는 박쥐는 결국엔 양쪽 모두의 원한을 살 뿐이다.

"말이 나온 김에 오명태 씨, 잠시 서울로 올라가시죠."

"예? 서울요?"

김철수가 고개를 끄덕였다.

"예, 서울. 아마 서동호는 이미 오명태 씨 집 주변에 부하들을 깔아 두었을 겁니다."

서동호를 겪어 본 오명태도 그라면 그러지 않을까, 생각했지만 김철수의 입에서 그 말을 듣고 났더니 불쾌감이 더 가중되었다.

"하지만."

어차피 김철수의 말은 겉으론 부탁처럼 보여도 사실상 '명령'이었기에, 그가 자신을 버림패 취급할 것이란 걱정을 하고 있던 오명태는 소심하게 저항해 보았다.

"제가 갑자기 사라지게 되면 양측이 의심하게 될 겁니다. 그렇게 되면 작전에도 차질이……."

"그 부분은 걱정하실 것 없습니다."

김철수가 딱 잘라 말하며 서류 가방을 뒤적이더니 그에게 서류 뭉치를 내밀었다.

"누가 묻거든 서울에 가서 이 일을 해결하고 온 것이라고

하면 되니까요. 그리고 가족들도 주소지가 다 노출된 창원에 있는 것보단 서울에 있는 편이 안전할 겁니다."

"……."

달콤해 보이지만 거절할 수 없는 제안이었고, 어느 정도는 일리가 있는 말이라고도 생각했다.

"……주셨으니 잠시 살펴보겠습니다."

오명태는 떨떠름한 기분을 감추며 뒤늦게 김철수가 내민 서류를 받았다.

"J&S 컴퍼니……?"

"더 아래쪽입니다."

그가 시키는 대로 한 오명태는 서류를 읽다 말고 순간적으로 눈을 동그랗게 떴다.

"전무이사 오명태? 제 이름이 왜 여기 있습니까?"

"얼마 뒤 설립될, SJ컴퍼니와 조광의 합자회사입니다."

김철수의 말에 석동출은 움찔했고, 김강철은 또 다른 이유로 눈을 가늘게 떴다.

"조광? 조광이 이 일에 낍니까?"

"아, 미리 말씀드리죠. 어디까지나 그런 것처럼 보일 뿐입니다."

김철수가 말을 이었다.

"다들 이번에 들여 올 마약이 부산에서 다 소진하지 못할 물량이라는 건 알고 계실 겁니다."

그 일은 비단 여기 모인 사람들뿐만 아니라 부산 조폭 연합도 지금 당장은 그들과 거래를 트는 것에 급급해 뒤로 미뤄 왔을 뿐, 그들도 안고 있는 고민이었다.

설사 얼마나 많은 물건이 들어오더라도 그걸 소비할 시장이 없다면 유명무실.

특히 마약처럼 리스크와 기본 단가가 큰 물건을 소비처 없이 정기적으로 공급받다간 쌓이는 물량을 감당하지 못하고 결국엔 허리가 부러질 것이다.

그런 와중 김철수가 이런 말을 꺼냈다는 건, 안기부에게는 이 사태를 해결(?)할 방안도 있다는 말일까.

김철수는 모인 사람들의 면면을 살피며 말을 이었다.

"그래서 저희는 부산 조폭 연합으로 하여금 전국적으로 유통망을 형성하고 있는 조광 그룹이 합자회사를 설립해 공급선을 확보한 것이란 생각을 하도록 만들 예정입니다. 게다가."

김철수가 석동출을 보았다.

"여기 있는 SJ컴퍼니는 마동철 전무님이 있는 SJ엔터테인먼트의 모기업이기도 하거든요."

그래서였나.

석동출은 자신이 위장 신분으로 사용 중인 마동철이란 인물을 떠올렸고, 그 내용을 앞서 정진건에게 전해 들었던 김강철은 고개를 끄덕였다.

"SJ컴퍼니, 어디서 들었나 했더니 거기였구먼. 그러면 요원님, 이 내용은 그쪽 사람들하고 다 협의가 된 내용입니까?"

김철수가 빙그레 미소 지었다.

"그럼요, 물론입니다. 그분들은 저희의 유용한 협력자거든
요."

거짓말이었다.

그러면 다음에 뵙겠습니다.

용건을 마친 김철수는 브리핑 종료와 함께 방송이 녹화된
비디오테이프를 챙겨 호텔방을 나섰고―그러면서 그는 친절
하게도 VCR기기는 선물이라며 남겨 두고 떠났다―방에는 석
동출과 오명태, 김강철 세 사람만 남았다.

"거, 한바탕 태풍이 지나간 거 같구먼."

김철수가 방을 나가자마자 간단한 소회를 밝힌 김강철이
오명태를 보며 말을 이었다.

"그러면 오명태 씨는 곧장 서울로 갈 거요?"

"가족들과 상의를 해야 하니 당장은 힘들고…… 그래도 빠
르게 움직여야 하니 내일 일찍 출발할 예정입니다."

"그렇군. 그럼 조심해서 다녀오시오."

김강철의 말에 오명태는 어색한 미소를 지으며 고개를 끄
덕였다.

"……예. 그러면 잠시 아내와 통화를 좀 하고 와도 되겠습니까?"

"그러시오."

"실례하겠습니다."

오명태가 양해를 구하고 호텔방을 나서자 김강철은 아까 전부터 줄곧 생각에 잠겨 있던 석동출에게 툭하고 말을 건넸다.

"석 형사님은 어떻게 생각하십니까?"

석동출이 형사였다는 걸 알고부터 김강철은 그들끼리 있을 때면 그를 꼬박꼬박 '석 형사'라고 불러 주었다.

한편 생각에 잠긴 채인 석동출은 순간적으로 그 말을 이해하지 못한 채로 고개를 들었다.

"예?"

"아까 전부터 생각하는 게 있으신 거 같아서요."

김강철이 웃으며 이은 말에 석동출은 머리를 긁적였다.

"아닙니다. 그저…… 상황이 조금 복잡하구나 싶어서요."

"복잡? 복잡할 게 뭐 있습니까. 다 요원님이 말씀하신 대로 착착 진행되고 있구먼."

"하하……."

김철수가 아무렇지도 않게 방아쇠를 당기던 모습을 알고 있던 석동출은 그처럼 김철수를 '요원님'하고 마냥 신뢰할 수 없었기에 그저 쓴웃음만 지었다.

'그런 것만 떼어 놓고 보면 정말로 그 말대로 일이 진행되

고 있으니....... 능력 면에서는 신뢰가 갈 만하지.'

김철수에 대해 왈가왈부하고 싶지 않던 석동출은-어쩌면 여기에 도청기가 설치되어 있을지도 모르고-자연스럽게 화제를 바꿨다.

"그나저나 김강철 형사님께서는 어떻게, SJ컴퍼니에 대해 알고 계셨군요."

"뭐어."

김강철이 의자에 등을 기댔다.

"지금 석 형사가 위장 신분으로 이용 중인 마동철이에 대해 조사하다가 알게 되었소. 그러니까 이름만 들어 봤다는 것뿐이지만."

"그러셨습니까."

김강철이 손바닥으로 제 무릎을 찰싹 때렸다.

"아, 이건 경황이 없어서 못 물었는데. 그라고 보니 석 형사, 서울 광수대에 있었담서요."

"예."

"그라믄 혹시 정진건 형사랑도 아는 사입니꺼?"

여기서 정진건 형사가 언급되나?

석동출은 도청기를 의식하며 고개를 끄덕였다.

"예, 조금."

"그랬구먼. 캬, 세상 참 좁다. 내가 마동철에 대한 정보를 얻은 기 정진건 형사한테서였소."

"⋯⋯그랬군요."

석동출도 그처럼 새삼 세상 참 좁다는 감상을 떠올렸다.

"그라믄 혹시 정진건 형사도 석 형사가 여기 계신 거 알고 있습니꺼? 안 그래도 그 양반, 부산에 자기가 모르는 마동철이 있는 걸 걱정하는 눈치더만."

정진건은 이 위장 신분의 주인과도 알고 지내는 사이였나?

하긴, 정진건은 SJ컴퍼니의 이성진과 꽤 친밀한 관계였으니 그러면 알 법도 했다.

"아뇨."

석동출이 고개를 저었다.

"제가 여기 있는 건 가족에게도 알리지 않았습니다. 말이 나온 김에 김강철 형사님께서도 제가 여기 있는 걸 외부에 발설하지 말아 주셨으면 합니다."

"하모요."

김강철이 지퍼로 입을 잠그는 흉내를 냈다.

"마, 위장 잠입 임무란 게 그런 거 아니겠습니꺼. 지도 제가 여기 있는 거는 우리 서장님이랑 반장님 정도밖에 모릅니더."

그렇다는 건, 그도 여기 합류한 이후로는 정진건과 연락을 하지 않았다는 것이리라.

"⋯⋯그러셨군요."

"그나저나 광수대면 엘리트였네. 그런 양반이 우짜다 여 와서 조폭 흉내를 내고 있는교?"

석동출이 픽 웃었다.

"저도 모르겠습니다. 말 그대로 어쩌다 보니 여기서 이러고 있군요."

"하하, 그거 참."

한 차례 웃음을 터뜨린 김강철이 그에게 넌지시 물었다.

"그라믄 석 형사는 이번 일이 끝나고 광수대로 돌아갈 거요?"

이 일이 끝나고 난 뒤?

석동출은 잠시 생각하다가 고개를 저었다.

"모르겠습니다. 사표도 이미 제출했고요."

"허어. 그 정도야 요원님이 알아서 처리해 줄 거 같은데."

"아뇨, 개인적으로도……."

석동출은 다시금 여기 있을지도 모를 도청기를 의식하며 대답을 이어 갔다.

"……조금 쉬었으면 하거든요."

"흠."

석동출이 그쪽 일을 별로 언급하고 싶어 하지 않는단 걸 눈치챈 김강철이 미소를 슬쩍 거두었다.

"뭐, 그러면 그런 걸로 합시다. 우짜든 간에 석 형사의 인생이니까. 그래도 아직 젊으니까 남은 인생은 길지 않겠소?"

"그러게 말입니다."

태연히 속없는 말을 늘어놓는 걸 보면, 그는 자신과 배성

준 형사에 대해 들어 보지 못한 모양이라고 석동출은 생각했다.

그때 호텔 방문이 열리며 오명태가 방으로 돌아왔다.

"다녀왔습니다."

"거, 이야기는 어떻게 잘 풀렸소?"

김강철의 물음에 오명태가 쓴웃음을 지으며 대답했다.

"예, 다행히……. 아직 이사 이야기는 꺼내지 못했지만요. 요즘 왜 이렇게 출장이 잦은 거냐며 한 소리 듣기는 했습니다."

"하하."

김강철이 웃으며 몸을 일으켰다.

"그러면 뒤처리도 끝났고, 이만 퇴근해 보겠습니더. 근데 저기 비디오 기계는 우짤 겁니꺼?"

김강철의 말에 석동출과 오명태는 서로를 물끄러미 보았다.

김철수가 도청기를 설치했다면 저 VCR 기기에 설치했을 거라고 생각하는 석동출은 줘도 가지고 싶지 않은 기분이었고, 오명태는 오명태대로 집에 저 기계를 가져갔다가 아내에게 무슨 말을 해야 할지 몰라 내키지 않았다.

"흠, 흠. 그라믄 제가 가져가도 되겠습니꺼? 집에 있는 건 좀 낡아서……."

석동출과 오명태가 동시에 고개를 끄덕였다.

"그렇게 하시죠."

J&S 컴퍼니.

내가 제안한 조광의 이니셜 앞 글자와 내 회사인 SJ컴퍼니의 앞 글자를 하나씩 따온 사명에 조세화는 '그게 최선이냐'는 식의 떨떠름한 얼굴을 보이긴 했지만, 나는 괜찮다고 본다.

'그 S가 나중에는 SJ컴퍼니의 앞 글자가 아닌, 삼광의 앞글자도 될 수 있으니까.'

그렇다고 S&J로 하지 않은 건 SJ컴퍼니와의 유사성이 내심 마음에 걸렸던 것도 있었고, 조광의 이니셜을 앞에 붙임으로서 조광 이사회로 하여금 회사 경영의 주도권은 조광(조세화)에 있다는 인식을 심어 줄 수도 있을 거란 계산도 있었다.

조세화도 그런 내 설명을 듣고서는—마음에 내키지 않는 눈치긴 했지만—내 견해에 찬성표를 던졌고, 그렇게 우리는 내일 임시 주주총회에 제출할 서류에 합자회사 명칭을 기재하게 되었다.

'이래저래 우여곡절이 많기는 했지만…… 결국 어떻게든 되었군.'

임시 주주총회의 의장인 광금후도 최근엔 자신의 입장을 이해했는지 얌전하게 지낸다는 말을 들었고, 그도 마약 밀매

가담 혐의로 쇠고랑을 차는 것보단 제한적이나마 자유로운 환경에 놓이는 걸 더 선호할 것이다.

"뭐, 이거면 됐겠지."

나는 마지막으로 검토하던 서류를 책상에 올려놓곤 침대에 벌렁 드러누웠다.

'이것만 해결되고 나면 이제 좀 편해지려나. 올해 들어, 특히 요 몇 달간은 정신없는 나날을 보냈으니…….'

박상대의 죽음에서, 아니 정확히는 정순애의 죽음에서 시작한 이번 일은 조광과 합자회사를 만드는 것으로 끝을 맺게 되었다.

'물론 합자회사 경영이라는 과제가 남아 있기는 하지만, 지금 내게 그걸 굴리는 건 어려운 일도 아니고.'

어쨌건 이제부터는 다시 회사 경영에 힘쓰며 내 입지를 단단히 다질 생각이다.

거기에다가 근래 들어 내 머리를 복잡하게 만드는 대상이라면 크리스였다.

'갑자기 어디서 그런 녀석이 툭 튀어나와서는.'

나와 마찬가지로 전생자인 그녀는 전생에 뭘 하던 인간이었는지, 뛰어난 바이올린 연주자일 뿐만 아니라―나와 달리―상류 사회인 특유의 기품이 언뜻 엿보이는 녀석이기도 했다.

'전생에 한국에서 상류층에 속한 녀석이었을까.'

일부러 언급하지는 않았지만 크리스는 테이블 매너도 몸

에 밴 것처럼 자연스러웠을 뿐만 아니라 각종 문화 예술적 측면에서도 조예가 깊었다.

뿐만 아니라 이 바닥에 몸담고 있는 사람이 아니고서는 알기 힘든 각종 비사며 관계들까지, 녀석은 전생에 이성진을 따라다니며 보고 익혔던 나보다 그런 걸 더 깊이 파악하는 것처럼 보이기도 했다.

'……녀석은 가족이 보고 싶다거나 하지는 않나?'

뭐, 내 경우는 전생의 가족과 한 지붕 아래서 가까이 지내고 있으니 그런 문제는 해결되었지만, 나라면 전생의 가족들이 어떻게 지내는지 확인해 보고 싶어질 텐데.

'그런 낌새조차 보이질 않는 걸 보면 불화가 있었거나……나를 경계하고 있어서겠지.'

덧붙여 최근에는 크리스의 거취 문제도 결정되었다.

사모는 예정했던 대로 이남진이 경영하고 있는 삼광문화재단의 공동 이사장직에 취임하기로 결정하면서 크리스를 손닿는 곳에서 관리하기로 했다.

그 손닿는 곳이란 이 저택으로, 마침 한성진과 내가 초등학교를 졸업하는 조만간 이 집을 떠날 예정인 것과 시기가 맞아떨어진 것도 있지만 사모가 크리스를 마음에 들어 하는 것이 가장 큰 이유였다.

'원래부터 애들을 좋아하는 데다가 바이올리니스트로서 재능까지 있으니, 사모가 크리스를 안 예뻐할 리가 없지.'

그런 사모는 최근 크리스를 합법적으로 한국에 들이기 위해 사방팔방 인맥을 동원해 뛰어다니는 중이었는데, 대한민국에서 재벌가가 하지 못할 일은 손에 꼽을 정도니 고아 소녀 하나쯤 한국에 들이는 것쯤은 아무런 문제도 안 될 것이다.

'엄밀히 말하면 고아는 아니지만.'

아무튼 그래서 크리스는—벌써 2학기 중간이 지났지만—초등학교를 보내야 다른 애들에게 뒤처지지 않을 거라는 사모의 강력한 주장으로, 예정보다 일찍 이 집에 들어오게 되었다.

크리스의 학교 문제는 백하윤도 고민하던 바였는지, 그녀 역시 사모의 말에 흔쾌히 동의했다.

백하윤도 크리스가 자신이 출근하고 난 뒤 그녀의 저택에 혼자 지내는 것보단 고용인이라도 있는 이 집에서 지내는 것을 선호했다.

심지어 여기엔 방음 설비를 갖춘 연습실까지 딸려 있는데다, 사모가 크리스의 바이올린 연습을 봐 줄 수도 있을 테니까.

'듣기로 실력은 크리스가 지금의 사모를 뛰어넘은 것 같지만.'

이런저런 이해관계가 일치하고 있으니, 아마 그녀의 수속 문제가 해결되는 대로 크리스는 이 집에서 먹고 자며 내가 졸업한(그리고 졸업할 예정인) 초등학교를 다니게 되지 않을까.

물론 크리스는 뒤에서 '내가 초딩들이랑 하루 종일 함께 보내야 한다니' 하고 질색하기는 했지만.

'나는 그나마 4학년부터 다녔으니 망정이지, 1학년부터 다니라고 하면 저랬을 거야.'

그 점은 크리스의 팔자려니 해야지.

'내 경우에도 그녀를 죽일 수 없다면 차라리 가까이 두는 편이 더 낫고.'

잠시 침대에 누워 천장을 보면서 생각에 잠겨 있으려니 핸드폰이 울렸다.

'……가만 두질 않는군.'

누굴까.

원치 않는 전화면 무시할 수 있도록 조속히 발신자 표시 기능을 넣어 주면 좋겠다.

얼마 전 삼광전자로 돌아가 무선사업부 중역을 맡고 있는 남경민에게 그 문제를 조속히 해결해 달라는 말은 해 뒀지만, 그게 전생보다 빨라질지 아니면 전생의 그 무렵에 해결될지는 나도 알 수 없다.

"끙차."

나는 침대에서 몸을 일으켜, 면도기처럼 책상 위 충전 포트에서 충전 중인 핸드폰을 받았다.

"여보세요?"

─야, 이성진.

다짜고짜 반말을 뱉은 상대는 크리스였다.

'마침 그 생각을 하고 있었는데 말이지. 이 녀석도 양반은 못 되겠군.'

그나저나 무슨 용건일까.

"왜?"

─나 돈 좀 주라. 한 1억 정도만.

"……."

이게 1억이 뉘 집 개 이름인 줄 아나.

"갑자기 무슨 소리냐?"

─왜, 그 정도 돈도 없어? 너라면 그 정도 비자금은 만들어 두었을 거 같은데.

어처구니가 없어도 정도가 있지.

이건 돈이 있고 없고의 문제가 아니다.

"안 돼. 못 줘. 게다가 먹여 주고 재워 주고 입혀 주는데 너한테 1억이 왜 필요하냐?"

수화기 너머 크리스가 쯧 하고 혀를 차는 소리가 들렸다.

─내가 그냥 달라는 게 아니잖아. 설마하니 내가 용돈이 필요해서 너한테 1억을 달라고 했겠냐? 그것도 이 시대에.

"아니었냐?"

말은 그렇게 했지만, 나는 크리스가 경제적 독립을 이루는 걸 다분히 경계하고 있었다.

전생의 크리스가 뭘 하던 인간인지는 모르지만, 그녀가 지금껏 보여 준 역량이면 1억을 밑천 삼아 그 돈을 몇 배로 불리는 것쯤은 일도 아닐 것이고, 그렇게 된 크리스는 곧장 새장을 벗어나게 되리라.

'그나저나 새장에서 벗어난 새를 떠올렸더니…… 왠지 전생의 이성진이 김민정이 아끼던 새를 냅다 풀어 준 일화가 생각나는군.'

그래서 이번 생에 이성진의 껍데기를 뒤집어쓰고 있는 나는 내가 하지 않은 일을 두고 김민정에게 사과까지 했다.

어쨌건 1억은 크다면 크고 적다면 적은 돈이지만, 짜장면 한 그릇이 3,000원인 이 시대에는 충분한 밑천이 된다.

'주식을 해도 좋고, 뭣하면 금을 사도 오를 것인 데다 달러를 사도 수익이 보장되지.'

나와 마찬가지로 미래에 대한 지식을 갖추고 있는 크리스이니, 그녀는 어디에 돈을 넣고 언제 돈을 빼야 할지에 대해서도 빠삭하리라.

'하지만 그러니 더더욱 그럴 수 없지.'

내가 이 집에 크리스를 들이는 것에 찬성한 것도 어디까지나 크리스를 내 감시하에 두기 위함인데, 그녀가 경제적 자립을 이뤄 내 영향력에서 벗어나 버리면 지금껏 해 온 일은 말짱 도루묵이 될 뿐이다.

-후우.

생각하고 있으려니 크리스의 한숨 소리가 들렸다.

-뭐, 좋아. 이건 나중에 너한테 돈을 받을 때 네 얼굴을 보면서 말하

려고 한 거지만. 대강 어디다 쓸 돈인지만 설명해 주지. ……나는 그 돈으로 사람을 하나 만들 생각이다.

"사람을 만들어?"

나는 크리스가 당연히 1억을 밑천 삼아서 투자를 해 목돈을 만들 심산인 줄 알았더니, 그녀의 입에서 나온 말은 의외였다.

'그보다 이 녀석은 내가 그 돈을 준다는 걸 전제로 이야기를 하고 있는걸.'

크리스가 대답했다.

─그래. 중국인 사업가…… 뭐, 이름은 대충 왕 씨라고 할까. 인도네시아 화교 출신으로, 현지에 식당을 몇 개 가지고 있어. 최근에는 그 돈으로 한국에 자신이 소유한 식당의 지점을 차릴 생각을 하고 있지.

역시 유령 인간을 만드는 거였나.

이름은 대충 지었으면서 나머지는 꽤 세세한 것이 어쩌 즉흥적으로 말을 지어낸 것 같지가 않았다.

"그래서 그 왕 씨가 어쨌단 건데?"

─끊지 말고 끝까지 들어. 아무튼 사실 왕 씨는 단순한 사업가가 아닌, 삼합회 관계자였다.

"……."

크리스의 입에서 삼합회가 언급되어서 그런지는 몰라도, 나는 그쯤해서 그녀가 단순히 목돈이나 손에 넣어 보려고 내게 1억을 달라고 한 게 아닌 걸 눈치챘다.

"그래서 네가 말한 1억은 그 존재하지 않은 왕 씨를 만들기 위해 필요한 경비란 거냐?"

—이제야 말이 통하는군. 그래, 그건 오롯이 거기에 쓸 돈이다. 이래 봬도 깎을 대로 깎아서 계산한 거라고?

뭐, 제대로 하려면 왕 씨가 소유한 식당도 만들어야 하겠지만, 그 부분은 왕 씨를 창조했듯 마찬가지로 유령 회사를 앞세워 어떻게든 처리하면 그만이니.

"하지만 내가 왜 그래야 하는지 모르겠군. 삼합회 관계자 왕 씨가 나랑 무슨 연관이 있다는 거지?"

내 질문에 크리스는 잠시 뜸을 들이더니 어조를 진지하게 고쳐 내게 물었다.

—잠깐 다른 이야기를 해 보지. 혹시 말인데. 너 조설훈이 죽은 거랑 정말 무관하냐?

조설훈의 죽음을 입에 담은 것에 놀라 잠시 대답할 타이밍을 놓친 사이, 크리스가 말을 이었다.

—뭐, 대답할 필요는 없어. 어차피 너는 아니라고 대답할 거고, 이제 와서 그 진위 여부는 아무래도 상관없으니까.

크리스가 말했다.

—요 며칠 인터넷으로 알아보니 조설훈의 죽음은 꽤 난잡하게 이뤄졌더군.

요 며칠 조용하다 싶더니, 그러고 있었던 건가.

나는 크리스가 컴퓨터를 사는 데 도움을 준 것을 조금 후회했다.

'그때는 크리스가 전생자라는 것도 몰랐을 때이긴 하지만.'

크리스가 말을 이었다.

─경찰을 포함해 죽은 사람만 다섯인 데다 총격전까지 벌어졌지. 이런 대사건이 생각보다 화제에 오르지 않은 게 신기할 지경이더군. 뭐, 조광이 힘을 쓴 결과겠지만 말이야.

반쯤 정답이다.

─어쨌건 세간은 둘째치더라도 인터넷 속 호사가들은 여전히 그 일을 두고서 갑론을박을 벌이고 있어. 거기에는 터무니없는 음모론도 있고…… 꽤 그럴듯한 가설도 있더군.

"하고 싶은 말이 뭐냐?"

─쓸데없는 말이 길었군. 핵심은 그거야. 조설훈의 죽음에 의구심을 품고 있는 사람은 한둘이 아니라는 거.

"……."

비록 전생자라고는 하나 불과 얼마 전 미국에서 건너온 크리스가 거르고 거른 인터넷 정보만으로도 그런 생각을 할 정도다.

─내가 그럴 정도니 다른 사람은 오죽하겠어? 특히 거기 깊이 연관된 이해 당사자라면 더더욱 말이야. 그리고 누군가는 이 일의 간접적인 수혜자인 너를 예의 주시 하겠지.

저 녀석은 뭔가를 알고서 떠드는 것일까, 아니면 내 반응을 끌어내기 위해 일부러 그런 말을 꺼내는 것일까.

다른 때도 그럴진대 전화 회선으로는 더욱 판단하기 힘든 문제였다.

"이를테면?"

나는 나대로 방어적인 태도로 그녀의 말을 받았고.

─이를테면 강미자 같은 경우지.

"……."

조세화의 모친 말인가.

크리스는 내 방어를 꿰뚫는 직언을 했다.

─말이 나와서 하는 말이지만, 너 혹시 강미자랑 만난 적 있냐? 전생 말고 이번 생 들어서. 조설훈이 죽고 난 이후로.

"……."

─솔직하게 말해 주면 좋겠군. 어쨌건 너랑 나랑은 지금 좋건 싫건 한 배를 탄 사이니까.

크리스를 신용할 수 있는가 하는 여부는 차지하더라도, 지금 당장은 그 말대로다.

설령 크리스가 함정을 파서 나를 해하려 하더라도 전생의 내게 개인적인 원한이 있는 게 아니라면 그런 짓을 해서 얻을 이득이 없다.

'그럴 거라면 내게 솔직하게 전생자란 이야기를 하지도 않았겠지.'

크리스는 크리스대로 최소한 내게 이용 가치가 있다고 판단했기에 도박수를 던져 가며 나와 손을 잡은 것이다.

'게다가 방금 질문은 대답해도 무해한 일이니······.'

나는 솔직하게 답했다.

"그래. 며칠 전에 둘이서 밥을 먹은 적이 있지."

—거참.

크리스가 헛웃음을 터뜨렸다.

—간이 부었군. 네가 만나려 해서 만난 거냐? 아니면 그쪽이 불러서 간 거냐?

"후자야. 그쪽이 불렀어."

—쯧.

크리스는 혀를 찼다.

—뭐, 됐어. 전생의 너는 그 집안과 별로 얽힐 일이 없었으니 무지에서 비롯한 만용이라고 생각하기로 하지.

"강미자의 친가가 뭐 어떻단 것쯤은 나도 알고 있는데?"

—글쎄, 나는 네가 그걸 '제대로' 알고 있다는 생각은 들지 않는군.

"······무슨 소리냐?"

—머리가 있으면 생각을 해 봐라. 너 혹시 조성광이 말년에 노망이 나서 그쪽이랑 정략결혼으로 조세화를 만들었다고 생각하는 거냐?

짧지만 많은 것이 함축된 말이었다.

크리스는 조세화의 생물학적인 친부가 조성광이라는 것을 알고 있을 뿐만 아니라 조설훈의 재혼이 정략결혼이라고 딱 잘라 말했다.

—전생의 네가 야쿠자랑 엮일 무렵에는 시대가 시대이니 한물간 놈들

만 봐 왔겠지만, 이 시기는 아니야. 아직 제정신이 아닌 놈들이 즐비하지. 아니 지금은 과도기이자 황혼기이니 더 극심하면 했지 다른 시대에 비해 덜하지는 않을 거다.

그렇게 엄포를 놓은 크리스가 이죽거리며 말을 이었다.

—너는 아마 '강미자가 나를 죽여 봐야 득될 것이 없다'고 생각해서 안심하는 모양인데. 어림 반 푼어치도 없는 소리야.

나를 꽤 잘 아는군.

—특히 강미자의 친가인 야마구치구미. 아마 너는 거기를 조사하곤 별 볼 일 없는 조직이라고 생각한 모양이겠지만 태생부터가 싸움개로 길러진 놈들이다. 규모가 작아 보이는 건 그 때문이지. 수틀리면 무슨 미친 짓을 저지를지 모르는 놈들이라고.

그러고 보니 전생에 야쿠자들이 그런 '쓰고 버리는' 개인을 만들고는 했다는 도시 전설을 들은 기억이 났다.

그들은 다른 똘마니들이 야쿠자들의 업무에서 제외되며, 소집이나 자잘한 항쟁에는 참여하지 않으며 말 그대로 놀고 먹으며 쾌락만을 누린다.

그러다가 '결정적인 순간'이 오면 그들은 살아있는 총알로 쓰이고, 버려진다.

그 순간만을 위해 키운 살수라는 것이다.

'그런데 그게 개인도 아니고 조직으로 존재한다고?'

크리스의 말을 온전히 믿을 수는 없지만, 그렇다고 믿지 않을 이유도 없었다.

"……야쿠자에 대해 정통한걸."

—나도 딱히 알고 싶지 않은 이야기였다.

크리스가 담담히 말을 이었다.

—어쨌거나 놈들은 표면적인 이해관계로 움직이는 놈들이 아니니, 괜히 눈에 띄어서 좋을 건 없어. 전생에도 조설훈이 그 문제로 꽤나 고생했다는 모양이니까. 뭐, 지금은 놈들을 막아 줄 조설훈도 죽고 없지만.

"그래서 무슨 말이 하고 싶은 거냐?"

—간단해.

크리스가 어조를 고쳐 말했다.

—이제부턴 왕 씨가 그들의 표적이 되어 줄 거거든.

이야기는 다시 원점으로 돌아와 크리스가 만들어 내고자 하는 유령 인간 왕 씨로 회귀했다.

—조설훈의 죽음에 왕 씨가 개입했을지도 모른다는 냄새를 슬쩍 풍기기만 해도 너를 향한 의심은 줄어들 테지. 그리고 강미자는 이 세상에 존재하지 않는 왕 씨의 뒤를 쫓다가 제 풀에 지쳐 나가떨어지고 말 테지. 그들이 바란다면 왕 씨의 시체를 보여 줄 수도 있고.

"……그러면 너는 지금 강미자가 나를 의심하는 중이라고 생각하는 거냐?"

—아닐 건 없잖아?

나는 잠시 생각했다.

'하긴 강미자는 조세화와 달리 광금후가 조설훈 살해를 계획한 범인이라는 걸 의심하는 눈치였지.'

그때 나는 의도적으로 그녀가 부산에서 벌어지고 있는 일로 눈을 돌리게끔 떡밥을 깔아 두었지만, 부산에서 벌어지는 일이 뒤틀릴 경우 그 화살이 '뭔가 알고 있는 듯한' 내게 돌아오지 않으리란 보장도 없다.

'게다가 그게 크리스가 말한 정말로 위험한 놈들이라면…….'

사람은 때때로 이익이 되지 않을 걸 알면서도 이성보단 감정에 치우치는 우를 범하기도 한다.

나로서는 강미자의 화살이 나를 향할 것이라는 생각까지는 하지 않고 있지만, 얼마 전 최서연의 일탈이 못내 마음에 걸렸다.

'어쨌거나 박상대를 궁지로 몰아붙인 건 나였어. 설령 내게 조설훈을 죽일 의사가 없었다 한들 중간 과정을 생략하고 내게 의심을 품을 이유는 되지.'

또, 어쩌면 최서연이 다시 분탕질을 놓을지도 모른다.

'그러면 보험 삼아서라도 크리스의 말대로 해 볼까.'

마침 나도 언젠가 나를 대신해 지저분한 일을 도맡아 해 줄 '유령 인간'이 필요할지 모른다는 생각은 해 오던 차였다.

전생의 나는 이성진을 대신해 유령 회사뿐만 아니라 유령 인간을 여럿 만들어 보았고, 지금은 그 일을 내가 아닌 크리스가 대신해 주는 것뿐이었다.

'보험료치고는 값이 꽤 나가지만…… 지금 내 목숨값에 비

할 바는 아니지.'

나는 결심을 마쳤다.

"좋아, 조만간 깨끗한 돈 1억을 주지. 대신 경과 보고는 지속적으로 받아 볼 거야."

ㅡ흥, 은혜를 베푸는 것처럼 나오는 거냐? 이건 순전히 어디까지나 너를 위한 일인데.

투덜거리기는 하지만 자신의 말대로 된 것이 꽤 기분이 좋아 보였다.

"내가 죽으면 너도 별로 좋을 것 없잖아? 최소한 지금은."

ㅡ그렇기는 하지. 그래서 내가 너를 대신해서 이런 일을 '해 주는' 거고.

그때 수화기 너머 무슨 소리가 들렸다.

ㅡ네, 알겠어요!

크리스가 변명하듯 덧붙였다.

ㅡ백 선생이 빨리 양치하고 잠자리에 들라는군. 이만 끊지.

방금 전까지 사람을 죽이네 마네 하는 이야기를 나눈 것과 달리 통화 종료 사유는 꽤 깜찍한 이유였다.

3장

　다음 날, 나는 일찍부터 조광 그룹 본사 사옥 내부에 마련
된 강당 앞의 널찍한 로비를 두리번거렸다.

　'여기서 임시 주주총회가 개최되는 건가.'

　사전에 조세화에게 이야기를 들어서 장소를 찾아 헤매는
일은 없었지만, 내가 예상하던 것 이상으로 사람이 많고 혼
잡했다.

　'공시한 개최 시간보다 훨씬 일찍 왔는데도 이 정도라니.'

　요 근래 조광 그룹은 회장 및 그 후계자의 연이은 죽음으
로 경영 전망이 불투명해지면서 이미 회사에 대한 신용도와
평가가 많이 떨어진 상태였다.

　그러니 개중에는 호기심 차원에서라도 헐값에 주식을 사

들여 방문한 사람도 있을 것이고, 조광의 현재 비전에 대해 한 소리를 하고 싶은 주주들은 물론, 기자들까지 포진해 있으리라.

그만큼 이번 조광의 임시 주주총회는 이 바닥 사람들로부터 초미의 관심사였다.

"아, 성진아. 여기야."

나를 부르는 소리에 고개를 돌리니 거기엔 조세화가 호위 겸 비서를 대동한 채 서 있었다.

'그리고……'

양옆에 장정 둘을 끼운, 방금 전까지 조세화와 대화를 나누었던 듯한 노년의 남자가 내 쪽을 힐끗 살피며 안쪽 대기실로 끌려가듯 자리를 옮기고 있었다.

'저게 광금후인 모양이군.'

나도 그 실물을 보는 건 이번이 처음이다.

'그리고 아마 오늘이 마지막일 거고.'

그간 조세화가 마련한 '안전 가옥'에서 지낸 그는 자신의 운명을 받아들인 듯 별다른 문제를 일으키는 일 없이 얌전히 지냈다고 했다.

나는 광금후가 직전까지 조세화와 있었던 걸 모른 척하며 그녀에게 물었다.

"언제 왔어?"

"방금."

태연히 그런 말을 한 조세화는 화려함이 배제된, 투톤으로 깔끔하게 떨어지는 정장 치마 차림의 공적인 자리에 걸맞은 복장을 하고 있었다.

고작 중학생밖에 되지 않는 나이에 '공적인 자리에 걸맞은 복장'이라고 말하면 조금 이상하지만.

'그래도 왠지 전장에 나가기 전 갑옷을 갖춰 입은 것 같군.'

내 시선을 의식한 조세화가 괜히 퉁명스레 물었다.

"왜?"

"아니, 그냥. 잘 어울려서."

내 말에 조세화가 픽 웃었다.

"뭐래, 싱겁게."

그래도 싫지는 않은 눈치였다.

그러며 조세화는 다른 사람이 더 오기라도 한 것처럼 내 주위를 둘러보았다.

"크리스는?"

그녀는 광금후와 관련한 이야기는 언급하고 싶지 않은 것 같아서 나는 맞장구를 쳐 주었다.

"안 왔어. 왜?"

"아니. 같이 안 다니나 해서."

"걔도 요즘은 바쁘거든."

나는 크리스의 부재 사유를 대강 그렇게 둘러댔다.

'딱히 거짓말도 아니고.'

최근 크리스는 낮 동안엔 각종 수속을 밟느라 바쁜 나날을 보내고 있었다.

게다가 어제 녀석이 내게 전화를 걸어 말한 것처럼, 그는 한동안 '유령 인간 왕 씨'를 만들어 내느라 더 바빠질 것이다.

'그나저나 크리스 녀석, 그런 걸 꽤 해 본 것 같단 말이지.'

혹시 전생에 녀석은 나처럼 어느 재벌의 '세간이 알아서는 안 될 일'을 도맡아 하는 부류는 아니었을까.

'그런 것치고는 상류사회 문화에도 꽤 정통해 보였는 데……. 어쩌면 나처럼 명령을 받는 위치가 아닌, 명령을 하는 위치였을지도 모르고.'

조세화가 고개를 끄덕였다.

"그랬구나. 왠지 걔는 이런 자리도 꽤 좋아할 거 같았거든."

"설마."

내 생각도 그랬지만 나는 일부러 조세화의 말을 농담 취급했다.

"너도 깜빡한 모양인데, 크리스는 아직 초등학생이거든?"

"……너도 마찬가지잖아."

그러는 조세화도 나보다 고작 한 살이 더 많을 뿐이지만.

"그것도 얼마 안 남았어. 그보다 준비는 어때? 잘해 왔어?"

"물론. 네가 말한 PPT라는 것도 챙겨 왔고."

그러면서 조세화는 핸드백을 뒤적여 내게 보란 듯 플로피

디스켓을 흔들어 보였다.

USB가 아닌 플로피디스켓을 뽐내는 걸 보니 기분이 조금 이상한 것이, 나는 아직도 이 시대에 적응이 덜 된 모양이다.

"그럼 안에 들어갈까?"

나는 조세화의 말을 따랐다.

강당 안은 로비보다 더 북적였다.

후열에서는 기자들이 카메라를 들고 이런저런 이야기를 나누는 중이었고, 자리에 앉아 팸플릿을 뒤적이는 사람이며 여기서 질문—또는 항의—를 하려는지 진지한 얼굴로 종이 뭉치를 뒤적이는 사람도 더러 보였다.

그리고 개중 누군가가 강당에 들어선 조세화를 알아보았는지 쑥덕거렸고, 그걸 신호로 뭇 사람들의 시선이 우리를 향했다.

'그래도 나를 알아보는 사람은 없군.'

기자로 보이는 어느 남자는 조세화를 향해 카메라 플래시를 펑 터뜨리기도 했는데, 조세화는 인상을 찡그리는 일 없이 그 모든 시선을 받아들였다.

"우리 자리는 맨 앞이야."

조세화는 자신을 향한 사람들의 시선을 의식했는지, 굳이 그럴 필요가 없음에도 목소리를 낮춰 속닥였다.

"네 자리도 있으니까 걱정하지 말고."

"그래. 혹시 긴장한 건 아니지?"

"안 해."

조세화가 딱 잘라 말했다.

"전부 예정대로인걸. 긴장할 게 뭐가 있어?"

허세를 부리고는 있지만 나는 조세화의 어깨가 희미하게 떨리는 걸 보았다.

'그렇다고 여기서 어깨를 다독여 격려를 해 줄 수도 없고.'

나는 조세화의 긴장을 모른 척하며 그녀를 따라 맨 앞자리, '조세화' 종이가 붙은 의자 옆자리에 엉덩이를 붙였다.

"그러면 나는 오늘 발표할 내용 좀 검토할게."

조세화는 긴장을 덜어 보려는 듯 종이 뭉치를 꺼내 읽어 갔고, 나는 조세화를 내버려 두었다.

시간이 지나자 사람들이 강당으로 들어오기 시작하며 자리를 채우기 시작했다.

조세화의 옆자리에도 어느 뚱뚱한 남자가 자리를 잡았는데, 내가 앉은 자리까지 그 진한 토닉 향수 냄새가 훅 풍겨 왔음에도 조세화는 집중을 흩트리지 않고 자료를 암기하느라 여념이 없을 정도였다.

그래서일까, 우리와 마찬가지로 가장 앞줄에 앉았으니 조광에서도 꽤 직급이 높은 뚱보는 조세화를 알아보았음에도 섣불리 말을 붙이지 못하고 시선을 돌려 그 옆자리의 남자와 두런두런 이야기를 주고받았다.

'게다가 파벌 다툼이 아직도 현재 진행형인 지금은 조세화

와 친한 척을 하는 것도 조심스럽지.'

자고로 오얏나무 아래에서는 갓 끈을 고쳐 매지 않는 법이
니까.

'그래서 아까 대기실에서도 조세화에게 말을 붙이는 사람
이 없었던 거지.'

설령 조광 이사진이라 할지라도 조세화가 조광에서 무엇
을 할지 아는 사람은 극소수다.

조금 더 구체적으로 말하면 공문을 통해 조세화가 오늘 합
자회사 설립을 발표할 거란 걸 아는 사람은 있지만 그녀가
이후로도 조광 그룹 경영에 적극적으로 개입하게 될지, 아니
면 이대로 장성할 때까지 몸을 웅크릴지는 아직 모른다는 것
에 가깝다.

하지만 그렇다고 조세화가 경영에 적극적으로 개입하려는
신호를 보인다면 조세화의 반대편에 세력이 결집할 것이니,
그들은 차라리 조세화를 중립지대로 두고 무시 아닌 무시를
하는 것이 전략적으로 가장 리스크가 적은 일임을 계산에 넣
고 있을 것이다.

'파벌마다 바라는 건 다르겠지만, 어느 쪽이건 조세화에게
주도권을 줄 생각이 없다는 건 다들 똑같지.'

그렇다고 해서 마냥 그들을 비난할 수는 없는 것이 제아무
리 조광 그룹이 조성광의 카리스마로 유지되던 회사라고는
하나 공식적인 회사의 주인은 여기에 모인 주주 여러분들이

고, 내가 조광의 이사라도 중학생 여자애한테 회사의 운명을 맡기지는 않을 테니까.

설령 조세화의 잠재 역량을 꿰뚫어 보고 있다 하더라도, 조세화는 아직 그녀가 메울 수 없는 절대적인 물리적 격차가 있다.

나? 나는 예외지.

이래 봬도 정신연령은 40대니까.

'뭐, 40대에 대기업 이사 직함을 다는 것도 빠르다면 빠르지만.'

그럼에도 조세화가 가진 힘(주식 및 채권)과—조성광 회장의 손녀이긴 해도— 명분은 마냥 무시할 수도 없는 것이어서, 이사진 일동이 똥마려운 강아지처럼 이러지도 저러지도 못한 채 조세화를 힐끗거리며 의식적으로 거리를 두고 있는 꼴이 내게는 어딘지 우스웠다.

'하다못해 여기 조세광이라도 있다면 모를까, 그럴 수도 없으니.'

그렇게 시간이나 때울 겸 좌중을 둘러보고 있으려니, 우리가 앉은 곳과 조금 떨어진 곳에 서서 사람들과 악수를 나누던 구봉팔과 눈이 마주쳤다.

'역시, 구봉팔도 왔군.'

비록 자리로는 앞줄에서 세 번째라는 애매한 위치였지만, 거기에는 최근 '조광의 숨은 실세', '조성광의 복안' 등의 소문이 붙은 구봉팔과 안면을 틀어 보려는 사람들로 북적였고, 몇몇 기자들은 구봉팔을 향해 플래시를 터뜨려 댔다.

'보아하니 조광은 한동안 구봉팔을 중심으로 한 신세력과 기존 이사진이 연대하는 구세력으로 양분될 것 같군.'

선대 회장인 조성광의 위광을 목도하고 그 은혜를 누린 깡패나 다름없던 구세대와 달리, 대기업으로 거듭난 조광 그룹에 정식으로 입사한 엘리트인 신세대는 여기가 중세 왕정 국가도 아닐진대 그 핏줄이—나름대로 예우를 갖춰 존중은 할지라도—대를 이어 치프(C)직을 역임하는 것에 반대하는 입장일 터.

게다가 조광의 회장직은 조성광의 오랜 병환으로 꽤 오랫동안 공석이었고, 모든 중요 의사 결정이 조성광을 거쳤던 조광이니 조설훈이나 조지훈도 승계를 받기 전까진 관리에 매진해 왔으니…….

'조성광의 공백이 더 익숙한 신세대 입장에서는 외부에서 전문 CEO를 들이는 것을 두 손 들어 환영할 수밖에.'

아직 공포는 하지 않은 상태지만, 이사회는 긴 논의의 끝에 외부에서 CEO를 영입하는 것으로 합의를 보았다.

사실 조광 그룹 내부 파벌은 광금후 측이 우세했지만 광금후 본인이 자신은 CEO를 맡을 그릇이 되지 않는다며 제안을 거절하였고, 그렇다고 다른 파벌의 이사를 CEO에 앉힐 수도 없었던 파벌은 결국 격렬한 논쟁을 거쳐 만만한 외부 CEO를 영입하는 선에서 타협을 보았다.

하지만 차기 CEO는 이휘철이 그 제안을 거절한 이유 중 하나로 언급했듯 그룹 내부 파벌 다툼 속에서 이렇다 할 과반의 지지를 얻어 내지 못하고 허수아비로 전락하게 되리라.

그래서일까, 조광의 소위 신세대 파벌은 고무된 상태로 자신들의 승리를 자축하며 그들의 대표로 구봉팔을 앞세워 회사를 혁신해 나갈 장밋빛 꿈에 부풀어 있는 것처럼 보였다.

'물론 그들 중 이번에 취임할 CEO가 허수아비이며, 정작 그 구봉팔이 조세화 편이라는 걸 아는 사람은 없겠지만.'

뭐, 그날이 오기까지 구봉팔은 의도적으로 조세화와 거리를 둘 것이니 나와 눈이 마주친 구봉팔이 재빨리 고개를 돌려 인사를 나눈 것도 당연한 처세였다.

'이후론 나도 그와 차츰 거리를 둬야겠지.'

우리 사이의 접점이었던 복지 재단도 얼마 전 최서연에게 인계했으니까.

"여기 자리 비었니?"

나는 곁에서 들려온 목소리에 고개를 돌렸다.

50대쯤일까, 희끗희끗한 머리칼을 올려 빗은 사내로 부드러운 인상의 소유자였다.

"아, 네."

"그래, 그럼 앉으마."

나는 순간 그에게 '앞자리는 보통 높으신 분들 자리인데요.' 하고 참견하려다가 관뒀다.

'그렇게 말하면 내가 여기에 자리 잡고 있는 것부터가 이상한 일이고. 뭐, 내가 모르는 이사겠지.'

이윽고 개최 시간이 다가오자 다들 그러기라도 약속이라도 한 듯 소란스럽던 장내가 잠잠해지며 의장인 광금후가 단상에 올랐다.

먼저 국기에 대한 경례.

애국가를 1절까지 부른 뒤 사람들이 착석하자 사회자는 의장인 광금후에 대한 간략한 소개를 마친 뒤, 그에게 차례를 넘겼다.

광금후가 단상의 마이크에 대고 입을 뗐다.

"공사다망하신 와중 참석해 주신 내빈 여러분, 안녕하십니까. 이번 조광 그룹 임시 주주총회의 이사를 맡게 된 광금후입니다."

광금후는 인사 후 박수가 잦아들길 기다려 잠시 틈을 들인 뒤 말을 이었다.

"최근 몇 달간 조광 그룹은 예기치 않은 여러 불행과 직면해 혼란스러운 시간을 보냈습니다."

그는 그 '여러 불행'이 무엇인지 구체적인 언급은 피하듯 생략했지만 여기 모인 이들은 그 불행이 무엇을 의미하는지 알고 있었다.

먼저 선대 회장인 조성광의 죽음.

조성광의 죽음은 다들 어느 정도는 예상하고 있었던 터여서 딱히 '예기치 못한 일'의 범주에 넣을 만한 일이 아니었지만, 그와 동시에 발생한 비극은 분명 모두가 예상하지 못한 일이었다.

가장 유력한 차기 후계자 넘버 원과 넘버 투인 조설훈과 조지훈 형제의 사망.

이는 대한민국 국민이라면 모를 리가 없을 정도로 당시 언론에서도 크게 다루어졌고, 지금도 여러 음모론을 양산하는 대사건이었다.

어쩌면 여기에 모인 주주들 가운데에는 조설훈과 조지훈 형제의 죽음이 어떻게 벌어진 일이었는지, 그 원인에 대해 캐묻고자 하는 이들도 여럿 있을 것이다.

그리고 거기에 더해 조성광의 유산은 그 유언장에 명시한 조세화라는, 조설훈의 딸에게 고스란히 넘어갔다.

만약 조세화가 고등학생 정도만 되었더라도 주주들의 불안은 지금보다 덜했을 것이지만, 조세화가 아직 중학생에 불과하다는 내용은 업계 관계자들에게 초유의 관심사로 급부상했다.

애널리스트들은 이 상황에 과연 조광 그룹이 눈앞에 닥친 이번 위기를 어떻게 헤쳐 나갈 것인가에 관한 각종 분석과 가설을 쏟아 냈고, 저명한 경제 교수들은 메이저 언론 신문사의 사설에 조광을 주제로 한 여러 이야기를 싣기도 했다.

그러니 이번 조광 그룹의 임시 주주총회에 여타 다른 기업의 주주총회 때보다 더 많은 사람들이 모여들었고, 평소라면 구색이나 갖출 겸 얼굴이나 비치고 말 기자들이 대거 포진해 있는 것도 자연스럽다.

그래서일까, 조광 그룹의 경영 실적과 무관하게 이번 조광 그룹 임시 주주총회에 참석하고자 조광의 주식 거래량이 순간적으로 폭등하여 주식 가치가 일부분 올랐다는 웃지 못할 해프닝도 있었다.

사람들은 의장인 광금후가 여기서 그 '예기치 않은 여러 불행'에 대해 좀 더 구체적인 언급을 하지는 않을지 예의 주시했지만, 그는 그런 호사가들의 기대를 배반하고 곧장 영업 분기 실적 발표로 내용을 이어 갔다.

"하지만 우리는 전년도 대비 ○○퍼센트의 성장을 이룩하였으며, 각 계열사 및 자회사는……."

뻔하고 사무적으로 진행되는 그의 말에 여기저기에서 다소 실망한 기색을 보이는 것과 별개로 광금후의 진행은 꽤나 매끄러웠다.

'광금후도 고스톱으로 저 자리를 따낸 건 아니었군.'

어쩌면 그는 2인자, 혹은 보좌로서 능력만큼은 출중했을지 모르겠다.

'뭐, 조광을 집어삼키려는 야망만 없었다면 말이지만.'

어쨌건 조광 그룹과 그 계열사가 예전과 다를 바 없이 안정적인 경영을 보이고 있다는 광금후의 말 자체는 사실이었다.

조광 그룹은 이미 독점에 가까운 수준으로 국내 물류 유통 시장을 꽉 쥐고 있는 데다가 그 바닥은 업계 특성상 현장 의존도가 높았고, 이 시기 대한민국 경기는 IMF 직전의 호조를 보이고 있어서 은행 금리를 걱정할 때도 아니었다.

게다가 딱히 그들도 의도한 건 아니겠지만 조성광 선대 회장의 오랜 투병 생활로 인한 그의 부재는 조직으로 하여금 컨트롤타워가 공백인 상황에서도 안정적인 경영을 할 수 있게끔 예방주사를 놓았다.

누군가는 물류 유통을 몸속의 혈관에 비유하고는 했는데, 유통회사인 조광 그룹은 그 말대로 뇌사 상태에 빠져 있는 순간에도 몸 안의 장기는 관성적으로 끊임없이 펌프질을 하며 회사를 돌아가게 만들었던 것이다.

'그렇다고 회사의 방향성을 결정할 대표 및 회장직이 공석인 이 상태를 너무 오랫동안 지속할 수야 없지만, 경영자 입장에선 그런 조광의 경영형태 자체는 꽤 높이 평가할 만하지.'

물론 조광 그룹의 이변이 조금만 더 늦게 터졌더라면 IMF에 따른 위기가 남들보다 더 극심하게 와닿았을 것이니, 어떤 의미에서는 시기상 지금 시점에 이번 일련의 사건이 터져 준 것이—이런 말을 남들 앞에서 대놓고 할 순 없지만—다행일 정도였다.

광금후는 사무적인 어조로 경영 실적을 발표한 뒤, 오늘 임시 주주총회의 핵심 중 하나라고 할 수 있는 신임 CEO 발표로 넘어갔다.

"다음은 앞으로 조광 그룹을 이끌어 나갈 새로운 CEO인 이철희 씨를 소개하겠습니다. 내빈 여러분께서는 박수로 환영해 주십시오."

비록 사전에 어느 정도 공지를 하기는 하였으나, 내부 결속이 단단하기로 유명한 조광 그룹이 이사회 출신도 아닌, 외부에서 고용한 CEO를 선임하기로 결정한 건 여러모로 화젯거리였다.

그래서 현장에 모인 사람들은 광금후의 말을 따라 박수로 그를 환영하면서도 과연 누가 조광 그룹의 CEO로 취임하게 되는지 정면을 주시하며 신경을 곤두세웠다.

'나도 누구라는 걸 듣기는 했지만 얼굴을 보는 건 처음인데.'

심지어 그는 보수적인 조광 그룹 이사회가 만장일치로 선출한 인물이라고 했다.

그렇다고는 해도 어차피 허수아비 CEO, 나는 조세화와 설립할 합자회사인 J&S컴퍼니 일로 정신이 없어서 그런 사람이 있다는 이름 정도만 숙지하고 관심을 끊었던 것이다.

'전생의 이맘때보다는 인터넷이 활성화되었다고는 하나, 아직은 인물 약력과 프로필이 인터넷에 게재되는 시대도 아

니고…… 어라?'

순간, 내 옆자리에 앉은 남자가 자리에서 일어서서 정장 단추를 잠그더니 뚜벅뚜벅 단상으로 걸어갔다.

'저 사람이 CEO였어?'

내 옆자리에 앉은 사람이 조광의 신임 CEO였다니, 나답지 않게 살짝 당황했다.

'사진이라도 봐 둘 걸 그랬군.'

힐끗 옆자리의 조세화를 보니, 이사회를 들락거린 조세화는 다소 면식이 있는지 그가 누군지 이미 알고 있다는 얼굴로 단상을 보고 있었다.

'그래도 그걸로 말을 걸 때는 이미 지난 거 같네.'

뒤이어 사회자는 그의 등장에 맞춰 신임 CEO의 이력을 읊어 댔다.

"이철희 씨는 동경대학교 경영학 석사를 이수한 뒤, 미국으로 건너가 MBA 과정을 이수, ○○기업 최연소 이사로 재직하였습니다. 이후……."

허어.

마치 CEO로서는 이 이상 없을 만큼, 마치 CEO가 되기 위해 태어난 사람처럼 이력이 화려하다.

특히 사람을 평가함에 앞서 그 학력을 따지고 보는 한국에서 이 정도 커리어라면 누구든 우러러보지 않고 배길 수 없을 정도로.

'······그렇다면 왠지 이상하군.'

왠지 그 정도 인물이라면 뭘 해도 했을 것 같은 느낌인데, 현생은 물론이고 전생을 통틀어도 내게 이철희는 면식은커녕, 그 이름이나 체격, 외모가 생소했다.

게다가 한국인이 일본의 동경대와 하버드를 졸업했다는 건, 이 시대에는 더더욱 눈에 띄는 이력이다.

만약 그 존재를 미리 알고 있었다면 조광이 아닌 내 쪽에서 써 보고 싶을 이력이기도 했다.

'심지어 유럽에 본사를 둔 다국적기업인 ○○의 최연소 이사를 지냈다고?'

그것도 동양인이, 이 시대에?

'이 정도의 인물이 내 데이터에 존재하질 않았다니.'

세상이 넓은 건지.

나는 조광이 잘도 이런 인물을 찾았다는 생각이 드는 한편, 그 존재에 위화감을 느끼고 있었다.

물론 내가 세상에 존재하는 모든 CEO를 아는 것은 아니지만, 눈앞의 이철희 정도면 인정 욕구에 목마른 대한민국 사람들이 지금껏 그를 떠받들어 오지 않았던 것이 의아할 지경이다.

'한국식 이름을 쓰고는 있지만, 한국인이 아닌 재일교포라면 어느 정도 납득이 가기는 하지만.'

이 시대에는 아직 일본과 관련한 것이라면 덮어놓고 색안

경부터 쓰고 보는 풍조가 팽배해 있었고, 그에 따른 재일교 포를 향한 은근한 차별은 그들로 하여금 대한민국이 아닌 차 라리 북한을 지지하게 하는 악영향으로도 이어졌으니까.

그렇다고는 하나, 저 정도 되는 인물을 내가 몰랐던 것은 아무래도 이상하다.

'전생에는 역사에 등장해 이름을 알리기 전, 모종의 이유 로 일찌감치 퇴장한 건가? 아니면 내 관심 분야 밖에서 활 약을……'

생각에 잠긴 사이, 단상에 오른 이철희가 광금후와 짧게 악수를 나눈 뒤 마이크 앞에 섰다.

"환영해 주셔서 감사합니다. 먼저, 해외에서 오래 체류하 여 우리말이 서툴 수도 있는 점, 양해 부탁드립니다."

그런 것치고는 발음이며 어조가 아나운서의 그것을 보는 것처럼 정확했다.

"제 이력에서 짐작하셨듯이, 저는 일본에서 나고 자란 교 포입니다."

과연, 일본인이었나.

그렇다면 내가 그를 몰랐던 것도 조금 납득은 간다.

'납득은 가지만, 그래도……'

크리스가 이 자리에 있었다면 그에 대해 아는 바가 있는지 물어보고 싶었지만, 그 녀석은 '내가 거기 뭣 하러 가냐'는 식 으로 불참을 선언했다.

'개똥도 약에 쓰려면 없다더니, 지금이 딱 그 상황이군.'

이철희가 말을 이었다.

"하지만 저는 제 조부님께서 지어 주인 이철희라는 이름을 아끼며 사랑하고 있습니다. 그래서 비록 제 경력 대부분은 외국 기업에 치우쳐 있으나, 그 뿌리만큼은 잊지 않고 있었습니다."

흠, 여기에 모인 사람들 앞에서 자신의 정체성을 밝히는 쇼맨십까지.

"그리고 이런 저를 믿고 회사 경영에 일조하도록 해 주신 조광 그룹과 그 관계자 여러분께 고개 숙여 감사를 드립니다."

뒤이어 이철희는 누가 보면 취임사라고 생각할 정도로 열정적이고 흡입력 있는 연설을, 그가 일본인임을 밝히지 않았다면 한국에서 나고 자란 토박이라고 믿을 정도로 유창하게 이어 갔다.

나는 힐끗, 조광의 신세대가 모여 앉은 자리를 살폈다.

조광의 신세대 그룹은 그 연설에 매료된 것처럼 보였고, 심지어 그들뿐만 아니라 자리를 채우고 있는 소액주주들마저 이철희의 연설에 집중하고 있었다.

반면 그들보다 조금 더 앞자리에 앉은 구세대 및 중진들은 이철희의 연설에 다소 불편한 기분을 느끼며 저들끼리 무어라 쑥덕거렸다.

아마 저들은 이철희의 연설에서, 그가 방심해선 안 될 인물이란 걸 뒤늦게 알아챈 것이리라.

마치 지금 나처럼.

'곤란한걸.'

물론 조광을 구세대와 신세대로 나눠 그들의 싸움을 조장하는 것이 내가 바라는 일이기는 했으나.

'그렇다고 어느 한쪽이 이기는 걸 바라지는 않았는데.'

내가 그린 밑그림은 양패구상한 그들을 구봉팔로 하여금 집어삼켜, 조광을 물밑에서 조종하는 것이었는데, 이렇게 되면 조광은 변화와 변혁을 맞이하게 될 것이다.

'이거, 어쩌면 내가 생각했던 것처럼 단순한 허수아비 CEO가 아닐지도 모르겠어.'

이는 그에 대한 주의를 기울이지 않은 내 불찰이기도 했지만, 그렇다면 이사회는 어째서 만장일치로 이철희라고 하는, 조광에 새로운 바람을 불러일으킬 인물을 만장일치로 선임하게 된 것일까.

'혹시.'

거기서 나는 문득 어느 가설에 도달했다.

'여기에 강미자가 개입했나?'

어쩌면 그럴지도 모른다.

'……그렇게 된다면 조광이 강미자의 배후에 있는 야쿠자들에게 먹히는 것도 시간문제가 될 거야.'

거기까지 떠올렸더니 심기가 불편해져, 나는 자세를 고쳐 앉았다.

발표를 마친 이철희는 청중의 박수갈채를 받으며 단상에서 내려왔다.

그 열기 띤 박수 소리로 보건데, 조광의 신임 CEO는 이사회는 몰라도 최소한 대다수 소액주주들에게는 좋은 인상을 남긴 것이 분명했다.

'더군다나 주주총회에 참석할 정도로 열의가 있는 주주라면 이철희가 이사회의 꼭두각시일 거란 것쯤은 알고 있을 텐데도 말이야.'

이철희로부터 자리를 이어받은 광금후가 사무적인 투로 입을 뗐다.

"그럼 다음은 우리 회사의 향후 방향성에 대해 말씀드리겠습니다."

그는 이어서 조광이 글로벌 기업으로 발돋움을 할 시기이며, 국내에서 그 선두 주자가 될 것임을 말하기 시작했지만, 광금후의 경영 방향성 발표는 소위 말해서, 전체적으로 무난했다.

미래를 향한 도약이니, 현재는 위기라느니 하는 말은 이런 자리에서 흔히들 쓰는 관용구인 것이다.

일례로, 오늘 처음으로 주주총회에 참석한 누군가는 광금후가 하는 말을 정말로 회사의 미래 비전인 것처럼 열심히 메모를 하였으나, 이런 자리에 익숙한 사람들은 광금후의 말을 건성으로 듣고 있었으므로.

하지만 이는 달리 말해 현 조광 그룹의 경영 상태가 풍파 없이 무난하다는 의미이기도 했다.

여기에는 주주들을 분노와 두려움에 떨게 만들 증자 발표도 없고, 대거 구조조정을 암시하는 발언도 없었다.

그러니 오히려 지금처럼 조광의 앞날이 '정말로' 우려되는 상황에서 조광의 무난한 향후 방향성은 주주들로 하여금 그 지루함과 함께 모종의 안도감마저 안겨다 주는 것이었다.

'그나저나.'

나는 광금후의 연설을 한 귀로 흘리며 내 옆자리로 돌아온 이철희를 힐끗 쳐다보았다.

'문제는 저 인간이지.'

광금후의 무난한 발표와는 별개로, 조금 상황 판단이 빠른 사람이라면 누구나 이 자리에 첫선을 보인 이철희란 인간이 누구일지 궁금해할 것이다.

이철희의 등장은 근미래를 겪은 내가 시쳇말로 표현하자면, 갑툭튀.

나는 전생의 그가 대체 어디서 뭘 하던 사람이었는지도 알 수 없었고, 현시대 기준으로도 어디서 뭘 하던 사람이 갑자기 나타나 조광의 CEO를 차지하고 있으니 나로서는 그의 존재 자체가 계속 신경 쓰였다.

'그야 뭐 국내에서 손꼽히는 대기업인 조광의 CEO를 하려

면 그 정도 이력은 있어야 마땅하기는 한데…….'

CEO의 성향은 크게 세 가지로 나뉜다.

첫 번째로 기업에 이노베이션을 일으켜 말 그대로 기업의 생태계를 바꾸는 인물.

'이를테면 각 기업의 창립자, 애플로 돌아온 스티브 잡스 같은 경우지.'

하지만 그렇게 해서 성공한 CEO는 정말로 손에 꼽을 정도고, 대부분의 경우는 변화를 추구하다가 이도 저도 아닌 어중간한 상태가 되어 경쟁 업체나 후발 주자에게 추월당하는 일이 비일비재했다.

'그리고 나는 보수적인 조광이 그런 이노베이션을 일으키는 CEO를 선출했을 거라고는 보지 않아.'

거기에 비록 CEO라고는 하나, 현실적인 이유에서 나는 현 상황에서 이철희가 조광에서 무언가를 할 수 있을 거라고도 보지 않는다.

기존엔 조씨 일가가 독점하고 있다시피 했던 권력을 양분한 조광 그룹 이사회의 힘은 막강했고, 이번 CEO 신임 건은 주주들의 의사 없이 이사회의 권한만으로 승인된 일.

그가 오늘 이 자리에 모습을 비친 것도 어디까지나 임시 주주총회를 통해 얼굴을 알린 것에 지나지 않는다.

그러니 이철희가 CEO로서 권한을 사용해 무언가 회사에 변화를 일으키고자 한다면 먼저 이사회를 설득하는 일부터

해야 할 터.

'문제는 이사회가 그 꼴을 보고 싶어 하지 않을 거란 거지만.'

'혁신의 바람'을 일으키려면 태풍의 눈 역할을 해 줄 구심점의 힘이 필요하다.

또한, 이 구심점은 혁신을 거치며 더욱 크고 단단해지기 마련.

외부인에 불과한 내 눈에도 조광은 벌써 이미 이사회를 위시한 구세대와 본사의 신세대 두 측으로 나뉘는 조짐이 보이기 시작했으니, 각 자회사를 대표하는 이사회가 본사의 힘이 강해지는 걸 원할 리 만무하다.

신세대 입장에서는 본사의 힘을 강화하고 싶을 것이나, 구세대는 지금처럼 자회사 위주의 경영 방식을 선호할 테니 조광의 구세대를 대표하는 이사회가 신세대에 힘을 실어 주는 일을 할 리는 없다고 본다.

여기에 백번 양보해서 이철희가 이사회를 설득해 혁신을 한다고 친들, 제조업도 힘든 '혁신의 바람'을 조광 같은 물류 유통 회사가 불러일으키는 건 쉽지 않다.

만일 이철희가 이노베이션형 CEO로서 조광에 혁신을 불러일으키려면 신규 유통 루트를 확보하거나 기반이 될 기술이 있어야 하는데, 이미 국내 물류 유통 루트를 조광이 꽉 잡고 있다시피 한 현시점에서는 더 이상 국내에 새로운 유통망을 뚫을 것이 없고, 이렇다 할 기반 기술이 없는 조광이 여기서 가시적인 변혁을 일으키는 것은 요원한 일이다.

'……그것도 속단하기는 이르지. 어쩌면 이철희는 나도 모르는 새로운 방식을 도입할지도 모르고.'

남들이 예상하지 못한 일을 하는 것이 이노베이션형 CEO니까.

둘째로는 칼잡이형 CEO.

이들은 말 그대로 사람 모가지를 쳐 내는 것에 특화된 부류다.

이들은 어중간한 이노베이션형 CEO가 싸지른 똥으로 회사가 경영상의 위기를 겪거나, 예상치 못한 국제경제 흐름에 휘말려 경영이 위태로울 때 투입되며, 급한 불을 꺼야 할 때 주로 쓰인다.

칼잡이 CEO가 하는 일은 불필요한 부서를 해체하거나 자회사를 본사로 합병하는 등 '구조조정'을 통해 회사의 지출을 줄이며, 그사이 회사가 향후 무엇을 선택하고 무엇에 집중할지를 결정한다.

'경영을 해 보니 인건비라는 게 의외로 지출에 큰 영향을 끼친다는 걸 알게 되더군.'

조만간 있을 IMF 사태며 리먼 브라더스 사태 때 해당 유형의 CEO가 대거 등판하게 되리라.

하지만 하는 일이 사람들의 원성을 살 수밖에 없는 욕받이다 보니, 대부분의 칼잡이형 CEO는 구조조정을 마친 뒤 자진해서 계약을 종료하거나 반역의 칼에 스러지기 일쑤다.

'그래서 미국에는 그런 구조조정만 전담하는 CEO도 있다지.'

그러나 조광은 지금 헤드의 부재와 파벌 다툼으로 혼란스러운 상태일 뿐, 경영상의 위기가 찾아온 것은 아니다.

이런 와중 이사회가—일단 재무제표상으론— 멀쩡하게 돌아가는 회사에 굳이 칼잡이형 CEO를 고용해서 성장 동력을 멈추는 일을 할 필요가 있을까.

'IMF를 예견한 것도 아닐 테고.'

설령 그런 걸 내다보았더라도 조광의 이사회가 자청해서 칼잡이 CEO를 고용해 제 손발을 잘라 낼 만큼 애사심이 깊을 거라고는 보지 않는다.

마지막으로 세 번째는 관리자형 CEO다.

해당 기업이 이미 안정적인 궤도에 올라 굳이 무언가를 바꿀 필요가 없을 때 쓰이는 CEO 유형으로, 아마 대부분의 고용 CEO나 세습 경영자가 여기에 속할 것이다.

'어떤 의미에선 내 성향도 여기에 가깝고……. 뭐, 나는 상황이 상황이다 보니 외부에는 이노베이션형 CEO로 비치게 됐지만.'

수수한 역할이기는 하지만 그렇다고 마냥 무시할 수 없는 역할로, 기업이 매번 이노베이션을 할 수도, 그렇다고 미치지 않고서야 닥치는 대로 팔다리를 잘라 낼 수도 없는 노릇.

이들은 안정권에 접어든 회사 경영을 건실하게 관리해 가며 회사의 자본금을 늘리는 역할을 하거나, 공백으로 두긴 뭣하니 누구라도 두고자 할 때 선출되고는 한다.

나나 조광 그룹의 이사회가 기대하는 이철희의 역할도 여기 속하는 유형으로, 어떤 의미에서는 '허수아비'가 할 법한 가장 만만한 유형이기도 했다.

이처럼 각 CEO는 크게 예시를 든 세 가지 유형으로 분류할 수 있으나, 어느 한 가지 성향이 특화되어 나타나지만은 않는다.

이태석의 경우를 보더라도 그는 이휘철로부터 회사를 물려받은 관리자형 CEO이지만, 그는 본질적으로 이노베이션형 CEO에 가깝다.

삼광전자가 글로벌 기업으로 발돋움을 할 수 있었던 것도 이태석이 스마트폰에 집중하기로 마음먹고 그에 올인 한 결과였고, 그 과정에 불필요한 잔가지를 대거 쳐 내기도 했으니.

'뭐, 그건 세습 오너이니 할 수 있는 다각적인 모습이긴 하지.'

반면 고용 CEO, 그것도 이사회가 각 파벌을 대표하는 인물을 선출할 수 없어서 집어넣은 '외부인' 이철희는 계약 기간이 끝날 때까지 이사회에 이리저리 휘둘리다가 임기를 마칠 공산이 컸다.

'문제는 이철희가 잠깐 동안 보여 준 대중 장악력이지.'

이철희가 연설하는 동안 구세대가 이를 두고 쑥덕거린 것도, 그들도 나처럼 이철희가 허수아비로 커리어를 마칠 것 같지 않다는 어떤 예감에서 비롯한 것이리라.

뭐, 그런 각자의 사정이야 어쨌건 조광이 외부에서 CEO를 고용한 것 자체는 전례 없이 파격적인 일이다.

세상이 망해도 변하지 않을 것 같던 조광이 보여 준 이번 변화는 시장에 모종의 기대감을 불러올 것이고, 자연스레 주가도 오르게 되리라.

그렇다고는 하나, 이철희는 못내 신경이 쓰인다.

'혹시 어쩌면 크리스는 그에 대해 알고 있을지도 모르니…… 나중에 물어봐야겠어.'

생각하는 사이 광금후의—의도하에— 지루한 연설이 끝나 갈 기미를 보이며, 오늘 메인이벤트인 조세화의 차례가 다가왔다.

"……그러면 다음은 합자회사 설립과 관련하여 주주 여러분의 고견을 듣고자 합니다. 조세화 씨, 앞으로 나와 주십시오."

조세화는 청심환을 입에 털어 넣은 뒤, 물을 들이켜 꿀꺽 삼켰다.

"다녀올게."

조세화는 내게만 들릴 크기의 목소리로 그렇게 말한 뒤, 한 차례 심호흡을 한 다음 단상에 올랐다.

펑, 펑!

조세화가 단상에 오르기 시작하면서부터 기자들이 카메라 플래시를 터뜨려 댔다.

얼마 전 금일 그룹 행사장에도 모습을 비치긴 했지만, 엄밀한 의미에서 그녀가 공식석상에 모습을 드러낸 건 이번이 처음이다.

하루아침에 조부와 부친—그리고 숙부까지—을 잃고, 오빠는 구치소에 수감되어 재판을 앞둔 상황에 조광 그룹 오너 일가의 가장 큰 상속자로 거듭나 버린 조세화는 이미 세간의 이목을 끌 만한 서사를 갖추고 있었다.

심지어 장래가 기대되는 미소녀이기까지 하니, 누군가는 그녀를 드라마 속 여주인공에 비유하고 있을지도 모른다.

하지만 조세화는 자신을 그런 싸구려 비극의 여주인공으로 취급하는 건 용납하지 않겠다는 결의를 표명한 듯이, 기자들의 일방적인 플래시 세례에도 눈살 한 번 찌푸리지 않으며 단정한 얼굴로 정중하게 허리를 숙였다.

'확실히, 조세화는 생김새부터가 보호본능을 자극하는 것과는 거리가 멀지.'

광금후가 비킨 단상에 선 조세화가 입을 뗐다.

"조광 그룹 관계자 여러분, 조광 그룹의 주주 여러분, 안녕하십니까. 조세화라고 합니다."

조세화는 대본대로, 그리고 호텔에서 연습했던 대로 감정을 드러내지 않는 사무적인 어조로 입을 뗐다.

"저는 오늘 이 자리를 빌려, 저희가 준비한 회사를 소개해 드리고자 합니다."

나는 조세화를 주목하면서 힐끗, 옆자리의 이철희를 보았다.

이철희는 아까 광금후의 지루한 연설을 경청하던 때와 마찬가지로, 생각을 읽을 수 없는 잔잔한 미소를 머금은 채 조세화를 바라보고 있을 뿐이었다.

조세화가 사회자에게 신호를 주자, 사회자는 무전기를 통해 무어라 말했다.

순간, 강당의 불이 꺼지고 조세화 뒤로 프롬프트가 불을 비추며 화면을 띄웠고.

〈J&S컴퍼니〉

내가 미국에 디자인 회사 사장으로 있는 이모, 서명화에게 따로 부탁해 제작한 로고가 모습을 드러냈다.

'성격은 괴팍하지만, 디자인은 참 잘해.'

이 시대는 아직 PPT와 연계한 프레젠테이션이 낯선 시기여서 그런지, 조세화의 PPT는 일단 청중의 시선을 사로잡았다.

조세화도 청중들이 자신이 아닌 뒤편의 화면에 집중하기

시작하는 걸 인지했는지, 조금 더 자신감 넘치는 어조로 말을 이었다.

"화면을 보시겠습니다."

다음 화면은 대한민국 국토를 나타낸 지도.

"지금껏 조광은 전국적인 물류 유통 인프라를 통해 대한민국의 발전에 이바지해 왔습니다. 이는 심장이 온몸 구석구석에 혈액을 돌게 하여 건강을 책임지던 것에 비유할 수도 있을 것입니다."

뭐, 냉정하게 말하면 조광이 국내 물류 유통 시장을 독점하다시피 하는 바람에 부작용도 못지않았지만 여기 모인 주주들은 모두 조광 그룹의 이익을 바라는 집단이니, 그 과장된 발언에 구태여 딴죽을 걸 만한 사람은 없을 것이다.

어쨌건 화면은 조세화가 발표에서 비유한 대로, 국도 및 고속도로 선을 따라 마치 동맥이 지나듯 두드러진 선이 그어졌다.

"하지만 조광이 주로 해 오던 것은 기업과 기업 간의 물자를 이어 주는 거시적인 유통이었습니다. 그 또한 무척이나 가치 있고 중요한 일임에는 틀림없습니다만, 저는 21세기를 목전에 둔 지금은 그보다 한 걸음 더 앞서 나가야 한다고 생각했습니다."

조세화가 힘주어 말했다.

"이제 조광은 기업과 기업 간의 물류 유통뿐만 아니라, 기업이 국민 한 사람, 한 사람과 이어지는 일을 해야 할 때입니다."

화면에서는 그 동맥 같은 선을 중심으로, 모세혈관처럼 얇은 선이 거미줄처럼 뻗어 나가며 전 국토를 뒤덮기 시작했다.

다음 화면은 우리 SJ컴퍼니 사옥 전경.

원래도 제법 웅장한 건물이지만, 구도를 잘 잡아서인지 실제로 보는 것보다 더 대단하게 나왔다.

"이번에 설립할 J&S컴퍼니는 SJ컴퍼니와 연계하여 그들의 기술과 조광이 가진 노하우를 활용, 전국 방방곡곡에 유통망 네트워크를 형성할 예정입니다."

SJ컴퍼니가 언급되자 몇몇은 몸을 앞으로 기울여 가며 화면에 집중하기 시작했다.

비상장회사이다 보니 아는 사람만 아는 거지만, SJ컴퍼니는 그 '아는 사람'들 사이에서 전도유망한 회사로 이름이 높았다.

그런 와중 그 실체조차 두루뭉술한 SJ컴퍼니가 직접적으로 언급되며, 조광과 합자회사를 설립하겠다고 하니 이는 꽤나 흥미를 끌 만한 요소였다.

"1994년, 삼광전자의 자회사로 출발한 SJ컴퍼니는……."

조세화는 화면을 넘겨가며 그간 SJ컴퍼니가 걸어온 발자취를 간략하게 설명했다.

개중에는 클램 개발에 이바지한 것도 있었고, 각종 소프트

웨어를 유통하거나, 해림식품이며 신화호텔과 합자해서 만든 브랜드인 S&S, 거기에 요즘 윈도우95 출시로 한창 잘나가는 마이크로소프트와 연계한 사실까지 포함했다.

'2년. 길다면 길고 짧다면 짧은 기간이지만 이렇게 보니 새삼 굵직하게 살아왔군.'

그리고 조세화가 신화호텔을 언급한 것에서 누군가는 어제 방송된 〈먼나라 이웃사촌〉을 떠올리고 있을지도 모르겠다.

그도 그럴 것이 어제 장여옥이 출연한 〈먼나라 이웃사촌〉에서는 조성광 회장이 조세화에게 남긴 저택을 배경으로 신화호텔의 협조와 S&S의 자회사 브랜드인 시저스의 헤드 쉐프가 출연하였으니, 이제는 그 기묘한 조합이 어디서 비롯한 것인지를 눈치챘으리라.

'꽤나 상징적인 일이지. 직접적인 언급은 하지 않겠지만, 이번 합자회사를 통해 생판 남처럼, 또는 경쟁 관계로 여겨지던 신화호텔이며 해림식품 측과도 사업을 연계해 나갈 수 있다는 걸 보여 준 거거든.'

게다가 지금껏 삼광전자가 해 온 거라고 생각한 것들이 실은 우리 회사의 도움이 있었단 내용에는 뭇 사람들이 관심을 기울이기 시작한 눈치였다.

설령 그게 진실이든 아니든(진실이 맞다만) SJ컴퍼니가 삼광전자의 자회사라는 것 자체는 사실이고, 그 경영의 배후에 이휘철이 깊이 개입해 있을 거란 소문은 그들의 흥미에 부채질을 해댈 것이다.

조세화가 말을 이었다.

"SJ컴퍼니는 현재 다양한 분야에서 훌륭한 성과와 실적을 올리고 있는 회사이지만, 특히 컴퓨터 프로그램 제작 및 인터넷에 특화된 기업이기도 합니다. 그들은 얼마 전 일산출판사를 인수하며 제게 SJ컴퍼니가 할 수 있는 일의 일부를 보여 주었습니다. 잠시 화면을 바꾸겠습니다."

조세화가 자리를 옮겨 구석에 자리한 컴퓨터로 향한 뒤, 화면을 바꿔 사전에 준비해 둔 인터넷 화면을 띄웠다.

조인영이 얼마 전까지 밤을 세워 가며 만든 일산출판사 홈페이지가 단상 뒤편 화면에 모습을 드러냈다.

조세화가 사회자에게서 마이크를 건네받았다.

"SJ컴퍼니는 일산출판사를 인수하여 인터넷에서 서적을 유통할 수 있는 프로그램을 제작하였습니다. 해당 내용은 아직 시장에 공개되기 전입니다만, 저는 SJ컴퍼니의 비즈니스 파트너로서 새로운 시대의 흔적을 엿보는 행운을 누릴 수 있었습니다."

그러면서 조세화는 마우스로 화면을 깔짝여 서적 구매 페이지로 들어갔다.

"그럼 여기서 제가 가입한 정보를 통해 신용카드를 사용하여 책을 구매해 보겠습니다."

간간히 플래시 터지는 소리를 제외하면 청중들은 숨을 죽이고 조세화가 하는 양을 지켜보았다.

다들 TV나 라디오를 비롯한 언론에서 '인터넷이 미래다' 하는 말들은 들어 왔겠지만, 아직 '인터넷으로 무엇을 할 수 있는지'에 대한 패러다임 전환이 오기 전이었다.

근미래에서는 저게 일상이지만 그만큼 이 시대는 아직 인터넷이 낯설고 생소한 기술이었다.

"구매를 완료했습니다. 배송까지 사흘이 걸린다고 하는군요."

조세화가 단상으로 자리를 옮겼다.

"다만 저는 오늘 여러분께 보여 드리기 위해 사흘 전 책을 주문해 두었습니다. 아마, 지금쯤이면……."

조세화가 고개를 돌려 강당 벽에 걸린 시계를 보자, 청중들의 고개도 일제히 시계를 향했다.

그리고 조세화의 핸드폰이 울렸다.

"아, 실례하겠습니다."

조세화는 단상에 선 채로 전화를 받았다.

"여보세요? 네. 강당 안쪽으로 들어오시면 됩니다."

조세화가 전화를 끊었다.

"도착했군요."

강당 문이 열리고, 작업복을 입은 남자가 모자를 눌러쓰며 단상으로 올라와 조세화에게 책 한 권이 들어갈 만한 크기의 박스를 건넸다.

화물을 받아든 조세화는 그 자리에서 화물을 풀어, 그 안에서 책을 꺼내 청중들에게 선보였다.

"이렇게."

조세화가 꺼낸 책을 단상에 놓으며 말을 이었다.

"SJ컴퍼니는 인터넷을 통해 서적을 구매하여 가정까지 배송하는 시스템을 완성한 상태였습니다."

그때 누군가가 박수를 쳤다.

그걸 시작으로 여기저기서 연달아 박수가 터져 나왔고, 조세화는 어쩔 줄 몰라 하는 얼굴로 박수가 잦아들길 기다려야 했다.

'이건 대본에 없었지만, 이런 반응이 나올 것쯤은 예상했어야지.'

누군가는 짐작하고 있겠지만, 사실, 이번 책 배송 퍼포먼스는 짜고 치는 쇼였다.

'심지어 저 홈페이지조차 홈페이지가 아니거든.'

이 강당은 인터넷조차 연결되어 있지 않다.

방금 조세화가 보여 준 일산출판사 홈페이지는 홈페이지처럼 보이는 프로그램에 불과했고, 조세화는 각본대로 인터넷에서 책을 구매하는 척했을 뿐이었다.

물론 지금 개발한 프로토타입으로도 조세화가 한 '책 구매'는 가능하지만, 아직 신용카드가 등록이 되는 것도, 구매한 책을 배송할 업체가 선정된 것도 아니어서 아직은 어디까지나 '이론상'으로만 가능한 일이다.

'게다가 설령 인터넷이 연결되어 있다고 한들, 이 시대의 느릿느릿한 인터넷 속도로는 퍼포먼스의 흐름을 헤치게 되지.'

참고로 조세화에게 책을 건넨 건 양상춘이었다(여담으로 그는 이 연극에 어울려 달라는 내 부탁에 한참을 투덜댔다).

하지만 그럼에도, 다들 마술이 사기임을 알고서도 즐기고 속아 주는 것처럼 이번 책 배송 퍼포먼스에 사로잡혔다.

'뭐, 전부 없는 걸 지어낸 거짓말인 것도 아니고, 방금 조세화가 보여 준 퍼포먼스 또한 조만간 일상에 녹아들 단면이니.'

지금도 작년(1995)에 개통한 케이블 채널을 통해 '홈쇼핑'은 존재하고, 그 전에도 책자를 통해 전화를 걸어 제품을 구매하는 '통신 판매'는 존재해 왔지만 이번에 조세화가 보여 준, 소비자로 하여금 능동적인 구매를 가능케 한 인터넷의 가능성은 그것과 궤를 달리하는 것이었다.

심지어 조세화는 이 '인터넷 쇼핑'에 필요한 제반 기술을 SJ 컴퍼니를 통해 확보하고, 그 각 가정마다 배송될 물류 유통에 조광의 노하우를 언급하지 않았던가.

미래가 성큼 다가왔다.

그러니 여기서 자리를 박차고 일어나 '사기다!' 하고 소리쳐 찬물을 끼얹는 건 촌스러운 일일 뿐만 아니라, 여기 모인 주주들로부터 몰매를 맞아도 할 말이 없는 작태.

그리고 뭐, 조세화는 이 자리에서 대전 엑스포에서도 보지 못한 미래를 보여 주었는데, 기존에 보던 길고 (싸움 구경을 빼면)지루한 주주총회에서는 이 정도만 하더라도 꽤 재밌는 오락거리이거늘 조금 속아 주면 어떤가.

어색한 미소로 플래시 세례와 박수갈채를 받아들인 조세화는 생각보다 긴 시간을 보낸 뒤에야 다시 발표를 이어 갈 수 있었다.

"감사합니다. 이번에 보여 드린 건 고작 책 한 권에 불과하지만, 앞으로 가능한 건 비단 책뿐만은 아니게 될 겁니다."

조세화는 다시 대본으로 돌아와 말을 이었다.

"J&S컴퍼니는 일산출판사 뿐만 아니라 여타 도 · 소매점과 연계하여 사업을 이어 갈 예정입니다. 이제 사람들은 바깥으로 나갈 필요 없이 인터넷으로 주문한 제품을 각 가정에서 빠르고 안전하게 받아 볼 수 있게 될 겁니다. J&S컴퍼니의 목표는 국내에 존재하는 모든 물건을 전국 각지에 배송하는 것이며, 추후엔 구매할 제품의 재고 여부까지 알아볼 수 있도록 할 예정입니다……."

준비한 대본과 PPT가 남아 있어서 발표를 이어 가고는 있지만, 청중들은 이미 조세화의 프리젠테이션에 넘어온 눈치였다.

누군가는 핸드폰을 들고서 강당을 비웠고, 기자들은 볼펜과 메모장을 꺼내 고개를 푹 숙인 채 무언가를 휘갈겨 썼다.

이미 이 자리에 있는 건 '드라마에서나 볼 법한 비극의 여

주인공' 조세화가 아니라, 전도유망한 사업가인 조세화였다.

'물론 이 상황이 언짢은 사람들도 있는 모양이지만.'

이를테면 이사회의 누군가들처럼.

무사히 발표를 마친 조세화가 방금 전과 다를 바 없는 우레 같은 박수갈채를 받았고, 사회자는 잠시 뜸을 들인 뒤 입을 뗐다.

"이상으로 J&S컴퍼니의 사업 설명 발표를 마치겠습니다. 질문이 있으시면 요청해 주십시오."

보통 주주총회에서 이런 일에 발언을 하는 사람은 주총해방꾼을 제외하면 좀처럼 없지만, 오늘따라 여기저기서 손을 드는 바람에 사회자(라고 해봐야 조광 그룹 본사 직원이지만)는 적잖이 당황했다.

"저…… 그러면."

그리고 나는 옆에서 번쩍 손을 드는 이철희를 보고 움찔했다.

'여기서 당신이 나서겠다고?'

저 인간의 정체도 꿍꿍이도 모르는 나로서는, 그가 이번 발언 기회를 얻어 조세화를 공격하게 될지, 아니면 조세화의 편을 들어줄지 가늠하기 어려웠다.

내 주관적인 견해를 배제하더라도 분명 조세화의 사업 계획안은 혁신적인 것이었다.

'아직 인터넷 개통 극초창기이니.'

물론 몇 년 만 지나면 IT거품과 더불어 유사 업체가 우후죽순으로 생겨나다 못해 폰지사기나 다름없는 벤처회사까지 생기겠지만, 지금은 그런 일이 일어나기 전이다.

　　그런 의미에서 내게 한 가지 불안이 있다면, 그건……

　　'아무래도 시대를 너무 앞서간 걸지 모른다는 거지.'

　　결국 혁신이란 건 이 시대에는 낯설고 생소하단 것을 의미하기도 한다.

　　특히 다른 기업보다 보수적인 조광이 이런 '혁신'을 받아들이는 과정은 여느 기업보다 더 신중할 것이다.

　　혹여 선례가 있다면 후발주자로서 망설임 없이 뛰어들 수도 있겠지만, 조세화가 제안한 사업 계획은 이들에게 조광을 전인미답의 땅으로 인도하는 일이기도 했다.

　　만약 조성광 회장이 건재하거나 조설훈이라도 승계를 마친 상황이라면 오너의 의사에 따라, 지금처럼 주주총회의 결의를 기다릴 것도 없이 이번 안건의 채택 유무를 내부에서 논의하고 말았겠지만, 지금은 그런 상황도 아니었다.

　　현 시점에서 조광은 이사회가 장악하고 있으며, 일반적으로 이사회의 권력이 강한 기업은 보수적인 성향을 띠기 마련이다.

　　더군다나 조광은 조성광과 그 두 아들의 부재에도 아랑곳없이 이미 '잘나가는 기업'으로서 흑자를 내고 있지 않던가(물론 현재 대한민국 경기가 호황이라는 것도 감안해야겠지만, 보통은 실패한 이유를 외부로 돌리고 성공의 원인은 자신에게서 찾기 마련이니까).

한편 이철희는 이사회가 주주총회의 결의 없이 선임한 인물이고, 그런 그가 이사회의 성향에 가까운 인물이리라는 것쯤은 누구나 예상할 수 있는 일이다.

일일이 알아보지 않아도, 심지어 결의 결과를 기다리지 않아도 조세화의 사업 계획안을 바라보는 구세대와 신세대의 입장 차이가 어떠하리라는 것쯤은 명명백백했다.

다만, 그렇다고 마냥 조세화의 사업 계획에 딴죽을 걸자니 그 계획이 무척 매력적이다.

'그렇다면 이 상황에 과연 이철희는 어느 편에 설 것인가.'

그렇게 생각하는 건 비단 나뿐만은 아니었을 것이다.

과연 조광의 신임 CEO는 이번 합자회사 설립을 어떻게 바라보고 있는가.

이철희의 반응에 따라 향후 몇 년간, 어쩌면 앞으로 조광의 방향성이 결정될 것이다.

그런 분위기 속에서 사회자로부터 마이크를 건네받은 이철희가 입을 뗐다.

"발표 잘 들었습니다."

"감사합니다."

의례적인 표현 직후 말을 이으려던 이철희는 조세화의 답례에 입을 다물고 빙긋 웃은 뒤-조세화도 아차 하는 얼굴이었다-다시 입을 뗐다.

"조세화 씨가 발표하신 사업 계획은 상당히…… 아니, 몹시 매력적이었습니다. 아마 머지않은 미래에는 조세화 씨가 말씀하신 대로 각 가정에서 컴퓨터로 물건을 주문하는 시대가 오게 될지도 모르겠군요."

그뿐이랴, 컴퓨터보다는 오히려 핸드폰으로 주문 및 결제를 하게 될 거다.

조세화는 그가 내 편을 들어주는 건가, 하며 조금 화색을 보였지만, 내게는 그가 나쁜 이야기를 꺼내기 전에 기름칠을 하는 것으로밖에 보이지 않았다.

"다만."

그것 보라지.

이철희가 어조를 고쳐 말을 이었다.

"우리는 그렇게 먼 미래보다는 좀 더 가까운 미래 역시 대비해야 한다고 생각합니다. 아마 그 정도로 먼 미래가 올 즈음에는 제 CEO 계약이 끝나 있을지도 모르니까요."

이철희의 농담에 여기저기서 픽 하는 웃음소리가 새어 나왔다.

'이런 자리에서 유머 감각을 발휘하다니, 외국물을 먹어서 그런가.'

그 유머 감각 자체는 꽤 마음에 들었지만, 그럼에도 지금 상황과 다음에 이어질 (공격적인)질문이 예상되어, 나나 조세화는 남들처럼 웃을 수만은 없었다.

이철희가 말을 이었다.

"우선, 한 가지 짚고 넘어가죠. 조세화 씨가 말한 사업 계획서대로 사업이 진행되려면 해당 가정에 컴퓨터가 있으며, 인터넷이 가능한 환경이어야 한다는 전제 조건이 선결되어야 합니다. 맞습니까?"

"예, 그렇습니다."

"제가 알기로 현재 컴퓨터 한 대의 가격은 대한민국 평균 월급에 조금 못 미칠 정도라고 알고 있습니다. 그런 의미에서 보면 각 가정에 한 대의 컴퓨터를 장만하는 것도 가계에 부담이 되겠지요. 그렇다면 현재 대한민국에서 인터넷을 사용하는 사람은 몇 명 정도입니까?"

비록 공격을 곁들이기는 했으나, 그 정도는 이미 예상한 질문이었다.

"기관에서는 340만 명 정도로 추산하고 있습니다."

내 기억에 전생의 이맘때엔 310만 명 정도였지만, 이번 생에는 내 각고의 노력 덕분인지 그 정도 숫자로 상승했다.

'그리고 PC통신 인구수는 그보다 더 많지. 뭐 J&S컴퍼니의 서비스는 인터넷 환경에서 가능하니 PC통신과는 별개로 치부해야 하지만…… 이 시대에 PC통신을 할 정도의 사람이면 보통 두 가지를 다 하거나, 인터넷 서비스가 안정적으로 변하면 언제라도 갈아탈 사람들이고.'

하지만 여론은 조세화의 사업 계획이 '꽤 그럴듯하긴 했지만 결국 중학생이나 할 법한 낙관적인 미래'를 그렸다는 쪽으로 기울기 시작했다.

조세화도 그런 청중의 반응을 읽었는지 얼른 말을 이었다.

"하지만 최근 컴퓨터 보급률은 윈도우95 OS 발매로 진입 장벽이 낮아진 것이며 조립식 컴퓨터 시장의 활성화 등의 이유로 가파르게 상승하고 있습니다. 따라서 저는 우리나라가 머지않아 유의미한 컴퓨터 사용자 숫자를 만들어 낼 것으로 예상합니다."

"저는 컴퓨터 보급 숫자가 아닌, 인터넷 사용자에 대해 말씀드리는 중입니다."

"……."

이철희가 주위를 둘러보았다.

"제 주변에도 컴퓨터까지는 갖추고 있지만 인터넷까지 쓰는 사람은 잘 없는 것 같더군요."

그 말에 여기저기서 고개를 끄덕이는 것이 보였다.

학업 및 두뇌개발에 도움이 된다고 해서 자녀에게 컴퓨터를 사 준 가정은 제법 있지만, 그렇다고 적잖은 통신비까지 지불해 가며 인터넷 및 PC통신까지 사용하는 가정은 별로 없다.

이철희가 다시 고개를 돌려 조세화를 보았다.

"그러면 조세화 씨. 방금 전 '머지않아' 그럴 것이라고 말씀하셨는데, 그건 구체적으로 언제쯤이 될 거라고 생각합니까?"

"저는…… 99년도 무렵이 되면 그럴 거라고 생각합니다."

'지금'과 달리, 대한민국의 인터넷 사용자 숫자는 폭증하여 1,000만 명에 육박하는 숫자가 된다.

즉, 이는 대한민국 인구의 20% 이상이라는 의미이고, 어느 분야건 그걸 사용하거나 의존하는 인구가 20%를 넘어가게 되면 이는 정책 기조에도 영향을 주게 된다.

그러니 이는 (내 예상이자 예언을 받아들인)조세화가 말한 '유의미한' 숫자에 충분히 부합하는 수치이면서, 동시에 이때부터는 바야흐로 IT붐이 촉발되는 시대가 온다.

하지만 그 말에 누군가가 '2099년?' 하고 냉소적으로 중얼거렸고, 그 중얼거림은 장내에 꽤나 크게 울리며 여기저기서 웃음소리가 터졌다.

어느 주장에 비웃음, 풍자가 시작되고 나면 그 발언은 힘을 잃게 된다.

그걸 알고 있는 조세화가 입술을 잘근 깨물었다.

'씁, 이렇게 되면 기껏 쌓아 올린 호의적인 분위기가 물거품이 되는데.'

나 또한 슬슬 웃을 수 없는 분위기가 되니 이쯤해서 개입해 볼까 하는 찰나.

"……."

이철희가 얼굴에 웃음기를 지우며 농담을 한 당사자를 물끄러미 쳐다보았다.

"죄송합니다만, 지금은 제게 발언권이 있으니 나중에 발언권을 얻어 말씀해 주시겠습니까?"

그 차가운 시선에 장내는 웃음이 사라지고, 여기저기서 어색한 헛기침 소리가 들렸다.

"감사합니다."

이철희는 다시 빙그레 미소를 지으며 조세화를 쳐다보았다.

"다시 이야기로 돌아와 말씀드리면……. 예, 저도 그렇게 생각합니다."

엥?

나는 이철희의 말에 깜짝 놀라 들썩인 엉덩이를 도로 의자에 붙였다.

조세화도 놀라기는 마찬가지인지 당황해서 아무런 말도 못했고, 그 틈을 파고든 이철희의 목소리가 마이크를 타고 강당에 울려 퍼졌다.

"얼마 전 정부에서 '정보화촉진기본계획'을 확정하였지요. 올해부터 시작하여 2010년도까지 총 3단계로 이루어진 이 계획의 1단계는 대한민국의 정보통신산업을 G7국가 수준으로 육성하는 것을 목표로 하고 있습니다. 또한 그러면서 전국에 초고속정보통신망을 설립하는 것을 주된 골자로 삼고 있죠."

이철희가 말을 이었다.

"그리고 그 1단계는 올해부터 2000년도까지를 목표로 삼고 있으며, 2001년부터 2단계 계획을 시작하는 것을 준비하고 있습니다."

······뭐야, 잘 알고 있잖아?

이철희가 말한 대로, 정부는 1996년 6월, 정보통신산업을 전략적으로 육성하기 위한 입법에 성공하였다.

이 기획은 정권이 바뀐 뒤에도 지속, 보완 발전하여 1999년에 이르러서는 사이버 코리아 21 계획을 발표하기에 이른다.

이에 따라 각 학교, 전 교실에는 컴퓨터가 도입되며 교과 과정에 컴퓨터 수업이 채택되는 등 막대한 예산을 쏟아부은 결과, 대한민국은 근미래에 인터넷 강국으로 손꼽히는 성과를 이룩하게 된다.

'그 결과, 1999년도에도 1,000만 명가량이던 대한민국 인터넷 인구는 그야말로 가파르게 상승해 2003년에 이르러선 3,000만 명에 육박하게 되지.'

한편, 이철희의 말에 강당은 언제 조세화의 사업 계획을 비웃었냐는 듯 잠잠했다.

이철희는 그런 대중의 분위기에 아랑곳하지 않으며 미소 띤 얼굴에 더욱 짙은 미소를 띠었다.

"또한 조세화 씨도 그런 정부 정책 기조를 알아보고 이를 사업 계획에 반영하여 말씀하신 거로군요. 그렇지 않습니까?"

"······네, 예. 그렇습니다."

이건 내가 그 내용을 발표에 넣자니까, 너무 딱딱해질 것 같다며 뺀 조세화 잘못이다.

이철희가 고개를 끄덕였다.

"그랬군요. 이번 결의 결과가 어떻게 되든 간에 개인적으로 응원하겠습니다."

"감사……합니다."

조세화는 얼떨떨해하는 모습으로 고개를 숙였다.

이런 자리에서 결의에 영향을 끼칠 수 있는 신분의 발언은 좀처럼 권장되지 않는 것이지만, 이철희는 '개인적으로' 조세화의 사업 계획에 찬동하는 모습을 보였다.

상황이 이렇게 되니, 장내 분위기가 일신했다.

기자들은 이철희의 발언에 대한 사실 유무를 알아보고자 급하게 자리를 떠났고, 이철희의 발언이 사실임을 알고 있던 눈치인 어느 기자는 다른 기자들과 쑥덕거리며 그 정보를 공유했다.

'그건 그렇고…… 이철희는 이 기회에 노선을 확실히 했군.'

조광의 신세대 파벌에 속하는 이들은 CEO가 개혁 추진파임을 확신했는지 의기양양한 얼굴로 저들끼리 무어라 의견을 주고받는 반면에, 구세대에 속하는 이사진 일동은 불편한 기색을 애써 감췄다.

'우리에게는 당장 나쁜 일이 아니지만…… 이사회 입장에서는 이철희를 고깝게 보겠는걸.'

질의가 끝난 것을 눈치챈 사회자가 입을 뗐다.

"그럼, 다음 분께 발언권을……."

"아, 죄송합니다만."

마이크를 받으러 온 직원을 이철희가 부드럽게 제지했다.

"괜찮으면 질문 한 가지를 더 드려도 되겠습니까?"

"저……."

사회자는 어찌할 바를 몰라 당황했고, 이철희가 사회자를 대신해 좌중을 둘러보았다.

"여러분께서 허락하신다면요."

이 분위기에 '그만하고 마이크를 넘기시지!' 하고 말하는 훼방꾼은 없었다.

"감사합니다. 그러면 다소 개인적일 수도 있는 질문을 드려도 되겠습니까?"

이철희의 말에 조세화가 바짝 긴장했다.

"예, 말씀하세요."

"혹시, 조세화 씨가 이번 합자회사를 기획하게 된 계기가 있습니까?"

조세화가 움찔했다.

다른 의미가 아니라, 좋은 의미에서.

사실, 이건 우리가 미리 어느 정도 준비한 답변이었고, 이철희의 질문은 그 대답을 할 수 있는 환경을 조성한 것이라고도 할 수 있었다.

조세화가 앞자리에 앉은 나를 힐끗 쳐다보았다.

조세화는 지금 히든카드를 써도 될지 확신이 서지 않은 눈치였고, 나도 내심 일이 이렇게 잘 풀려도 될까, 생각했지만.

　사업가의 재량을 판가름하는 건 기회가 왔을 때 이를 놓치지 않고 붙잡는가 하는 여부와도 밀접하다.

　'해 버려.'

　눈으로 신호를 주자, 조세화가 눈을 감았다가 떴다.

　"실은……."

　조세화가 말을 이었다.

　"이번 합자회사 설립 건은 작고하신 조설훈 사장님께서 미리 준비하던 사업이었습니다."

　이 분위기에 쐐기를 박는 답변이 끝나자마자, 장내에는 소란이 일었다.

4장

조설훈은 그 갑작스런 죽음만 아니었던들 조광 그룹의 차기 회장으로 거론되던 인물이다.

비록 그 아들이 살인 혐의로 구치소에 수감되어 재판을 앞두고 있다는 리스크를 안고는 있으나, 조설훈이 가진 조성광의 장남이라는 명분, 그가 젊을 적부터 조성광을 대신해 이런저런 일을 도맡아 '해결'해 왔다는 점, 그리고 그럴 때마다 조설훈이 보여 준 역량은 '고작' 그 정도 내부 잡음만으로는 그 행보를 가로막지 못했다.

'그에 대한 개인적인 감상은 차치하고서라도, 조설훈이 만만찮은 인물이었던 것은 사실이지.'

그러니 이사회에 아직도 '조설훈 파벌'이라 불리는 세력이 남아 있는 건 이상한 일이 아니다.

그렇다고 해서 그들이 모두 조설훈에게 큰 은혜를 입었다거나 해서 그에게 마음 깊이 충성을 바치고 있다는 의미는 아니다.

현재 남아 있는 조설훈 파벌이 여전히 (이미 죽고 없는)조설훈의 이름을 앞세우고 있는 건 어디까지나 속물적인 이유로, 아직 조설훈이라는 이름 석 자는 회사를 장악하는 데 그럴듯한 명분을 제공하는 이유, 그 이상도 이하도 아니었다.

그런 판국에 조세화가 이번 합자회사 설립에 조설훈을 앞세운 건, 구세대, 특히 조설훈 파벌에 속한 이사진들로 하여금 외통수에 빠지게끔 만드는 일이었다.

진실은 그것을 판가름할 수 없는 경우, 말한 사람의 것이다.

조설훈이 영원히 침묵하고 있는 지금은 조세화의 말만이 진실이며, 그에 대한 반박을 할 수 있는 사람은 세상에 존재하지 않는다.

설령 그 의혹에 이의를 제기하고자 뒷조사를 하더라도, 그들이 발견할 수 있는 건 조설훈이 생전에 SJ컴퍼니와 친분을 쌓아 올렸다는 점과 세간에 잘 알려지지 않은 새마음아동복지재단의 가장 큰 후원자가 SJ컴퍼니라는 것을 알아낼 뿐.

그조차 최서연에게 재단 경영권이 넘어간 지금은 구치소에 수감 중인 조세광이 입을 열면 모를까, 조설훈이 그 재단으로 무슨 짓을 했는가 하는 걸 캐낼 수도 없을 터.

조세광 역시도 미치지 않고서야 재단이 조세 포탈로 이용되었다는 걸 입 밖에 내서 제 형량을 늘리는 짓은 할 리가 없으니.

'이제 모든 의혹은 걸러져 오롯이 조세화의 말만이 남게 되는 것이지.'

조세화도 조설훈의 이름을 팔자는—물론 그렇게 노골적인 표현을 쓰지는 않았지만—내 제안을 께름칙해하면서도 결국 수용하였으니, 그녀 역시 이 히든카드가 조광에 끼치는 영향이 어떠한지는 충분히 알 것이다.

'이럴 게 아니라 그냥 조성광의 친자인 걸 커밍아웃하기만 하면 일은 더 단순해지지만.'

이철희는 장내의 소란이 잦아들기를 기다린 뒤 입을 뗐다.

"그런 일이 있었군요. 그럼 조세화 씨는 조설훈 사장님이 남기신 일을 마무리 짓고자 오늘 합자회사 설립 결의를 준비하신 겁니까?"

"그렇습니다."

방금 전까지 술렁이던 사람들은 이제 숨을 죽이고 두 사람 사이에 오가는 대화에 집중했다.

이철희가 말했다.

"그런데 한 가지 궁금한 게 있습니다. 객관적으로 조세화 씨는 아직 중학생이죠. 일반적인 중학생은 회사를 경영하겠다는 생각을 떠올리기가 쉽지 않은데, 아무리 부친…… 조설훈 사장님의 유지라지만 직접 나서시게 된 이유는 무엇입니까?"

조세화가 대답했다.

"그건 제가 중학생 신분이기 이전에 조광의 사람이기 때문입니다.

그 기특한 대답에 장내는-우리에게 긍정적인 의미에서-짧은 술렁임이 일었다.

"그렇군요. 하면…… 물론 상호 협의가 되어 이 자리에 서셨으니 조금 어리석은 질문이 되겠습니다만, SJ컴퍼니 측에서도 조세화 씨가 합자회사 설립 건을 이어받는 것에 찬성하였습니까?"

에둘러 표현했지만, 이 자리에 모인 누구나 알 법한 그 속뜻은 'SJ컴퍼니가 조설훈을 대신해 조세화라는 애송이를 대표로 해 가며 이 사업안을 유지할 이유가 무엇이냐'는 것이다.

조세화가 고개를 짧게 끄덕였다.

"예. SJ컴퍼니 역시 전국에 유통망을 설립한 조광의 인프라가 있다면 더 큰 이익을 낼 수 있다고 하였습니다. 그들도 조광 그룹의 도움이 없다면 조금 더 먼 길을 돌아가게 될 것이라고 말하더군요. 다만 제가 아직 어리고 배움이 부족하다 보니, 회사 경영은 SJ컴퍼니에게 일임한 채로 저는 경영에서 물러날 생각입니다."

앞서 조세화의 발표 속에서도 언급한 내용이지만, 조세화는 J&S컴퍼니의 일정 지분만을 소유한 채 경영은 SJ컴퍼니가 대리하여 맡기로 하였다.

일정 지분이라고는 했지만 조세화가 J&S컴퍼니의 소유 지분이 51%나 되니, 천지가 뒤집히지 않는 한 권력은 조세화의 것이 된다.

이는 합자회사의 을인 SJ컴퍼니 측에게도 리스크가 큰일이지만, SJ컴퍼니는 그런 리스크를 감수해 가며 일을 추진할 계획과 전략이 있다는 것으로도 해석될 여지가 다분했다.

'더군다나 SJ컴퍼니는 상장조차 하지 않은 신생 기업이긴 하나 삼광전자의 자회사. 우리가 그간 성취한 일을 업적으로 볼 때, 사람들은 SJ컴퍼니가 단순한 자회사가 아닌 삼광전자, 나아가 삼광 그룹의 입김이 직접적으로 닿아 있다고 생각할 거야. 그러면서 우리가 이 일에 앞서 전문적이고 충분한 전략 계획을 수립했다고 받아들일 여지를 남긴 것이지.'

조세화가 일부러 시간을 할애해 가며 SJ컴퍼니의 업적을 발표한 것은 괜한 일이 아니었고, 전부 이때를 고려해 수립한 전략안이었다.

'……그걸 여기 있는 이철희가 걸고넘어질 줄은 상상도 못 했지만.'

이철희가 고개를 주억였다.

"흠, 그렇군요. 하면, 조세화 씨는 방금 전 J&S컴퍼니의 경영에 개입하지 않는다고 말씀하셨는데, 그건 언젠가 조세화 씨가 조광 그룹 경영진에 합류하실 예정이기 때문입니까?"

부드럽지만 날이 선 질문이었다.

아니 최소한 여기 모인 사람들은 이철희의 질문을 그렇게 받아들였다.

"아뇨. 아까 말씀드렸듯, 저는 아직 공부가 부족합니다. 지금 제가 조광 그룹에 합류한다고 하더라도 회사 경영과 주주 여러분의 발목을 붙잡게 될 뿐입니다."

이것도 예상하던 질의응답이었다.

소리는 나지 않았지만 내 귀에는 여기저기서 안도의 한숨이 들리는 듯했다.

현 시점에서 이사진이 경계하는 것은 부족하나마 유무형의 명분을 지닌 조세화가 회사 경영에 간섭하는 것이었으나, 조세화는 이 자리에서 '당장은' 그럴 생각이 없다고 못을 박은 것이다.

"답변 감사드립니다. 저는 여기서 질문을 마치고 결의 결과를 기대하겠습니다."

"……감사합니다."

이철희는 마이크를 사회자에게 넘기고 자리에 앉았다.

"……그럼, 다음 질문을 받겠습니다. 이번 합자회사 설립 결의 안건에 대해 질문할 것이 있다면 손을 들어 요청해 주십시오."

이번에는 사람들도 서로 눈치만 볼 뿐, 손을 들지 않았다.

이 많은 사람들, 심지어 언론인들까지 취재를 하고 있는 마당에 이번 사업을 반대하는 듯한 발언을 한다면, 죽 쒀서 개 주는 꼴이 되고 말지도 모른다는 위기감이 조성되어 있으리라.

'비록 국내에서는 조광이 가장 큰 물류 유통회사라지만, 그렇다고 대안이 전혀 없는 것도 아니거든.'

당장 SJ컴퍼니가 인연을 맺고 있는 해림식품이며 신화호텔도 조광에 비하면 다소 부족하기는 하나, 조광이 이 일에 손을 놓기로 한다면 이 기회에 사업을 확장하려 할지도 모른다.

그러니 이철희의 질의가 끝난 이제 와서는 어느 모로 보나 조세화, 나아가 조광 측에 유리한 사업임이 밝혀진 데다 조세화는 이번에 명분과 실리, 두 마리 토끼를 잡는 일을 하면서도 정작 조광 그룹의 경영에 개입하지도 않는다고 하니…….

'사실상 게임 끝이지. 그나저나…….'

나는 옆자리의 이철희를 힐끗 쳐다보았다.

'설마, 그는 지금껏 일부러 조세화의 편을 들어준 건가?'

그야 이철희의 질문은 합리적이었고, 이 자리에 모인 사람들이라면 할 법한 질문이어서 우리 역시 그에 대한 답변을 준비했지만…….

어째서인지 문득, 이철희가 질문을 통해 이 자리에 모인 주주 모두가 공감할 수 있는 어떤 방향으로 유도한 것은 아닐까, 하는 생각이 들었다.

'그야…… 어느 정도 이상의 선구안이 있다면 이 사업이 성공 가능성이 있다는 걸 알아보기는 하겠지만.'

또한 그 질문을 통해 마냥 우리만 이득을 본 것은 아니었다.

결과적으로 이철희는 이번에 조광 그룹의 신세대와 구세대 양측 어느 한 곳에 치우치지 않으면서도 양측의 지지를 이끌어 내게 되었으니까.

'굳이 천칭을 놓고 비교하자면 신세대 파벌 측에 조금 더 기울인 형태겠지만.'

결국 서로 눈치를 보며 간간히 헛기침 소리만 들려올 뿐 아무도 손을 들지 않자 사회자는 말을 이었다.

"아무도 없으시면 조세화 씨의 합자회사 설립 건에 관한 결의는 여기서 마치겠습니다. 주주 여러분의 결의는 서명 또는 인감을 하여 당사로 배송해 주시면……."

끝났다.

조세화는 피곤한 기색이 역력했지만 표정이며 자세를 무너뜨리지 않은 채 사회자의 말이 끝나길 기다렸다가 자리로 돌아왔다.

조광과 SJ컴퍼니의 합자회사 설립 건에 대한 결의 결과가 발표되는 건 개최일 이후 2주 정도가 소요될 예정이지만, 이런 분위기라면 기다리지 않아도 결과는 불 보듯 뻔했다.

임시 주주총회가 끝나자마자 조세화 주위로 기자들이 우르르 몰려들었다.

"오늘 발표한 결의에 대해 한마디…….”

"조설훈 씨는 언제부터 SJ컴퍼니와…….”

"이번 합자회사의 상장 여부는…….”

사진기뿐만 아니라 비디오카메라에 여기저기서 터지는 플래시 세례.

조세화는 곤란한 표정을 짓지 않도록 노력하며 기자들을 피해, 준비된 승용차 뒷좌석에 올랐다.

그녀가 올라타자마자 조성광의 오랜 비서이자 지금 조세화가 탄 차량의 기사인 한수길은 곧장 차를 몰았다.

그리고 조세화는 저 멀리, 멀어지는 기자들의 군집을 힐끗 뒤돌아 본 뒤 시트에 등을 파묻듯 기댔다.

"휴우, 정말이지 기자들은."

조세화는 저도 모르게 푸념 섞인 한숨을 내쉬었다.

그러잖아도 조설훈의 사망 이후 기자들은 그녀의 사생활을 침해해 가며 취재를 하려는 통에 반강제적으로 학교도 쉬고 있었던 터, 데일 대로 데인 조세화는 기자들에 대해 생리적인 혐오감마저 치밀어 올랐다.

그래도 이번 기자들의 질문은 조설훈의 죽음과 관련한 가십거리가 아닌, 사업가로서 그녀를 바라본 것 중점이었다는 점은 조금 마음에 들었다.

한수길이 차를 몰며 그녀에게 물었다.

"호텔로 가시겠습니까?"

"네, 그렇게 해 주세요. 지금은 빨리 씻고 잠들었으면 더 바랄 게 없을 거 같거든요."

"주무시기 전에 양치질은 꼭 하셔야 합니다."

한수길의 잔소리에 조세화가 입을 삐죽였다.

"아저씨도 참, 아직도 저를 어린애 취급하시곤."

"하하. 제 눈에는 아마 평생 그럴 겁니다."

조세화는 그와 오랜만에 농담을 주고받을 정도로 긴장이 풀렸다.

요 며칠, 조세화는 이번 사업 계획서를 준비하느라 날밤을 새기도 했고, 어젯밤에는 침대에 누워서도 잠을 이루지 못했다.

'호텔로 돌아가면…… 성진이한테 받은 녹화 테이프라도 볼까.'

그래서일까, 그 바람에 그녀는 〈먼나라 이웃사촌〉 방송도 제대로 보지 못했다.

'흠, 막상 끝나고 나니까 조금 싱겁네.'

물론 그런 감상을 여유롭게 떠올릴 수 있었던 것도, 이성
진이 물심양면으로 도와준 덕분이었다.

그래서일까, 여유를 되찾은 조세화는 오히려 준비한 내용
의 반도 대답하지 못한 게 아쉬울 정도였다.

'수길 아저씨한테는 곧장 자겠다고 했지만…… 오늘은 성
진를 불러서 호텔에서 비디오라도 볼까?'

룸서비스로 이것저것, 맛있는 걸 잔뜩 시켜서, 조촐하게(?)
파티라도 벌이면 그것도 괜찮겠다.

아나나 다를까, 이성진을 잠깐 생각했을 뿐인데 핸드폰으
로 전화가 걸려왔다.

'얘도 참.'

조세화가 웃으며 전화를 받았다.

"여보세요."

―여보세요. 조세화 씨?

이성진이 아니었다.

어째서인지 조세화는 자신도 모르게 조금 날 선 반응을 보
였다.

"누구시죠?"

―아, 죄송합니다.

말하고 보니 조세화도 반응이 지나쳤다는 생각에 아차 싶
었지만 그럼에도 상대는 개의치 않으며 대답을 이어 갔다.

―이번에 조광 그룹에서 중책을 맡게 된 이철희라고 합니다.

"……아."

누군가 했더니, 상대는 이철희였다.

"네, 안녕하세요."

상대가 이철희라는 것을 알고 났더니 조세화의 말씨가 부드럽게 변했다.

그에 대해 아는 건 별로 없지만, 오늘 사업 계획 발표에는 결과적으로 이철희의 도움을 많이 받았다.

아마 이철희가 먼저 질문을 하지 않았다면, 조세화는 주주들이며 이사회의 공격에 대처하느라 조금 더 진땀을 빼야 했으리라.

－예. 원래라면 오늘 그 자리에서 인사를 드리고 싶었습니다만, 상황이 여의찮아 전화로 대신하게 되었습니다.

그 말에 조세화는 쓴웃음을 지었다.

이철희의 말마따나 기자들은 주주총회가 끝나자마자 조세화를 에워쌌고, 조세화는 하는 수 없이 도망치듯 그 자리를 벗어나는 것이 먼저였던 것이다.

"아니에요. 저야말로……. 앞으로 저희 회사를 잘 부탁드립니다."

－하하, 이젠 '우리' 회사죠. 저야말로 잘 부탁드리겠습니다.

다소 의례적인 인사치레를 주고받은 뒤, 이철희가 말을 이었다.

－그나저나 조세화 씨, 오늘 일정이 어떻게 되시는지요? 바쁘시지만

않다면 식사라도 함께했으면 좋겠습니다.

"아…… 오늘은."

이 뒤의 일정이라고 해 봐야 호텔에 이성진을 불러 어제 못 본 〈먼나라 이웃사촌〉을 보는 것 외에는 없었던—그마저도 이성진의 의견은 아직 물어보지도 않았다—조세화는 차마 '이후 예정이 있다'는 말을 할 수 없었다.

"……네, 괜찮아요."

─좋습니다. 그러면…… 신화호텔에서 보는 건 어떻습니까?

조세화는 이철희가 자신이 지금 집을 떠나 신화호텔에서 투숙 중인 걸 알고서 묻는 건지, 아니면 우연의 일치인지 모르겠다고 생각하며 대답했다.

"네, 그러면 거기서 뵙죠."

─알겠습니다. 그러면 7시, 신화호텔에서 뵙겠습니다. 수고했습니다.

"아뇨. 감사합니다."

조세화는 전화를 끊은 뒤, 곰곰이 생각에 잠겼다.

'조금 갑작스럽기는 하지만……. 그래, 이철희 씨랑은 언제 한번 따로 만나서 이야기를 나눴으면 했으니까.'

어쨌거나 한동안 조광을 이끌어 나갈 사람이니, 조세화도 신임 CEO가 어떤 사람인지 알아볼 겸 대화를 해 볼 생각은 있었다.

'성진이한테는 미안하게 됐지만, 걔랑 노는 건 다음으로 미뤄야겠어.'

이제 슬슬 이번 조광 그룹 임시 주주총회는 성공적이었다고 말해도 무방할 것 같다.

조세화의 결의 발표로 인해 조광 그룹이 기존 단순 물류 유통업에 머물러 있는 게 아닌 미래 지향적인 사업안을 가지고 있다는 것도 보여 주었다.

'뭐, 원래라면 이번 합자회사 때 발표한 사업 내용은 조광도 한참 뒤에야 허둥지둥 끼어들 그런 일이지만.'

아마 내일, 이르면 오늘 저녁 석간이나 뉴스에 조세화가 발표한 합자회사 이야기가 일면을 장식하게 되지 않을까.

그렇다고 우리가 만든 사업안을 모방한 후발 주자에 대한 걱정은 할 필요가 없다.

이 시대에 J&S컴퍼니가 추진할 사업을 따라 하려면 여러 기반 인프라가 필요한 데다가 현 시점에서―조금 자랑하자면―그런 일에 SJ컴퍼니를 능가할 회사는 국내에 존재하지 않는다.

'또한 물류 유통 분야에서 국내 1위인 조광의 인프라를 흉내 낼 만한 기업도 없지.'

그러니 결의 결과에 대해서는 걱정하지 않았고, 설령 이사회가 수작을 부려 결의를 기각하더라도 우리는 그 일에 조광 대신 다른 유통사를 끼워 넣어 일을 진행하면 그만이라는 보험도 있었다.

'물론 그럴 필요도 없이, 조광 그룹 이사회가 미치지 않고서야 이번 일을 마다할 리도 없지만.'

하물며 그 정도로 언론의 주목을 받아 가며 발표한 내용인데, 설령 어떤 변명을 들어가며 결의를 기각하더라도 그 자체가 주주들의 공분을 살 일임은 분명하다.

'그래도 만에 하나 혹시나 싶지만, 그 부분은 이철희를 믿어 봐야겠군. 허수아비 CEO라고는 해도 CEO이기는 하니까.'

이철희를 떠올린 김에 말하자면, 조광 그룹은 이번 임시 주주총회에서 조성광과 조설훈의 부재에 따른 오너 리스크도 해소하게 되었다.

'조광 입장에서는 두 마리 토끼를 잡은 셈이지.'

이번 신임 CEO인 이철희는 그 고루하기 그지없는 조광 그룹 이사회에서 선임한 것이라고는 믿기지 않을 만큼 능력 있는 사람이었을 뿐만 아니라, 그는 이번 결의에 부친 J&S컴퍼니의 사업 계획에도 긍정적인 반응을 내비쳤다.

'다만 한 가지 마음에 걸리는 건…… 이철희가 말 그대로 어디선가 갑자기 툭 튀어나온 인물이란 점이야.'

나는 전생에도 그 정도 인물을 보지 못했다.

그것조차 단순히 생각하면 그런 그가 전생에는 내가 모르는 어디에서 활약하고 있었다면 그뿐이지만.

이사회의 입맛에 놀아나지 않는 그 강단을 미루어 볼 때, 그가 '만장일치'로 선임되었다는 것도 못내 마음에 걸렸다.

'오늘 크리스를 만나게 되면 그에 대해 아는 바가 없는지 상의를 해 봐야겠어.'

주차장으로 향하니 강이찬이 기다리고 있다가 차 뒷문을 열어 주었다.

"무사히 마치셨습니까?"

"네, 아주 잘 마쳤어요."

언젠가, 나는 강이찬에게 일일이 차 문을 열어 줄 필요가 없다고 말했지만, 그럼에도 강이찬은 내 말을 듣지 않았다.

"사장님, 회사로 모실까요?"

"아뇨. 오늘은 나온 김에 좀 더 일을 보고 갈 생각이에요."

나는 대답하면서 손목시계를 힐끗 쳐다보았다.

'슬슬 도착했겠군.'

나는 강이찬이 운전석에 앉기를 기다렸다가 말을 이었다.

"ㅇㅇ동으로 가 주시겠어요?"

"ㅇㅇ동 말씀입니까?"

"네, 강남 인근입니다."

강이찬은 내가 평소에는 가지 않던 곳을 말하니 의아해하면서도 고개를 끄덕였다.

"아닙니다, 저도 어디인지는 알고 있으니…… 그쪽으로 모시겠습니다."

내가 말한 ○○동은 강남 부근에 조성된 아파트 단지로, 상식적으로 생각하면 내가 거기 갈 일이 없을 텐데도 강이찬은 내 말에 가타부타 묻는 일 없이 차를 몰았다.

목적지로 향하는 동안, 나는 핸드폰을 꺼내 조세화에게 전화를 걸어 수고했다는 말이라도 해 줄까, 생각했다가 관뒀다.

'피곤할 테니까 내버려 두지 뭐.'

요 며칠 조세화가 사업 설명회를 준비하며 얼마나 고생했는지를 아는 나는 조세화를 방해하지 않기로 마음먹었다.

'게다가 일도 끝났겠다, 어차피 만나서 할 것도 없고.'

나는 핸드폰을 도로 주머니에 집어넣었다.

"아 참, 오늘 일정이 끝나면 강이찬 씨는 현장에서 퇴근하셔도 됩니다."

"예? 아닙니다. 최소한 사장님 댁까지라도 모셔다드리겠습니다."

"그럴 필요 없어요. 같은 서울이고…… 택시 타고 가면 금방인데요."

"하지만 사장님."

"그렇게 해 주세요."

이후 크리스를 만나는 건 강이찬도 몰랐으면 하는 일이니까.

결국 강이찬은 마지못해 내 제안을 받아들였다.

"알겠습니다. 그래도 계속 대기하고 있을 테니 용건이 있으면 전화 주십시오."

부산에 다녀온 뒤, 강이찬은 내게 예전보다 더 충성하는
것처럼 보였다.

'그리고 이번 방문은 그 충성심에 방점을 찍는 일이 될 거
야.'

"여보, 도착했어."

오명태의 말에 뒷좌석에서 곤히 잠든 딸과 나란히 앉아 있
던 아내, 강이화가 고개를 돌렸다.

"여기?"

"응, 여기야."

차 속도가 느려지자 강이화는 당황하며 창밖을 두리번거
렸다. 잠시 서울로 가자는 오명태의 말에 갑자기 무슨 뚱딴
지같은 소리냐고 물었던 강이화에게 오명태는 '도착하기 전
까지 비밀'이라고만 말했다.

강이화가 무슨 일이냐고 물어도 오명태는 대답하지 않았
고, 그가 한번 고집을 피우기 시작하면 끝장을 볼 거란 걸 잘
아는 강이화는 그렇게 백번 양보해, 칭얼대는 딸을 데리고
새벽부터 먼 길을 운전해서 서울까지 왔다.

그런데, 그렇게 해서 도착한 곳은 서울의 신축 아파트 단

지였다.

'좋은 동네 같은데……. 여기가 목적지?'

그래도 서울 금싸라기 땅에 이런 신축 아파트 단지라니, 자신과는 인연이 없을 것 같은 동네여서 강이화는 이내 관심을 끊었다.

"혹시 여기서 누구 만나기로 했어?"

그보단 중요한 사람을 만나는데 온 가족이 총출동해도 괜찮은 건가, 걱정이 들었다.

"음, 그렇기도 하고, 아니기도 하고. 어쩌면?"

"뭐야, 그게."

강이화가 입을 삐죽였다.

"당신, 요즘 이상한 거 알아?"

오명태가 움찔했다.

"내, 내가 뭘?"

"그렇잖아. 요즘 출장이다 뭐다 하면서 집을 비우기 일쑤이질 않나, 이 차만 하더라도……."

지금 타고 있는 고급 승용차를 의식한 강이화가 미간을 찌푸렸다. 이 차의 출처를 묻는 강이화에게 오명태는 '회사에서 준 차'라고 했는데, 도대체 무슨 회사가 직원에게 이런 고급 승용차를 지급해 준단 말인가.

뭐, 그 좋은 승차감 덕분에 창원에서 서울까지 오는 동안 딸아이는 잠들고 깨지 않은 채로 잘 오기는 했지만…….

강이화가 찡그린 미간을 펴며 걱정스레 물었다.

"혹시, 이상한 일에 연루된 건 아니지?"

"이상한 일이라니?"

"그 왜."

강이화는 곤히 잠든 채 깨지 않는 딸아이를 의식하며 목소리를 낮췄다.

"위험한 거."

"……."

"자기는 저번에 나한테 그런 일에선 손 뗀 지 오래라고 했지만, 정말이야?"

오명태는 거짓말을 했다.

"그런 거 아니야."

"그러면 뭔데?"

"음……. 조금 복잡한 이야기인데."

오명태는 김철수가 일러 준 거짓말에 살을 보탰다.

"얼마 전에 우리 회사가 동종업계에 있는 더 큰 회사에 인수합병이 됐거든. 요 며칠 바빴던 것도 그거 때문이고."

"응."

"그런데 그 회사의 높으신 분이 나를 좋게 본 거 같아. 그래서…… 잠시만."

오명태는 창문을 내리고 아파트 단지에 붙은 주소를 세심히 살핀 뒤, 딸아이가 깨지 않도록 핸들을 부드럽게 꺾었다.

"여기네. 어디까지 이야기했지?"

"회사의 높으신 분이 어땠다는 거?"

"아, 그래. 아무튼 나한테 거기서 세운 회사의 꽤 중요한 직책을 맡기셨지 뭐야."

오명태는 잠시 뜸을 들인 뒤 말을 이었다.

"그래서 이 차랑, 여기 아파트를 선물로 주셨어."

"뭐?"

강이화는 당황하다 못해 황당한 기분을 느낀 나머지 저도 모르게 목소리를 높였다가, 딸아이가 눈을 비비며 일어나려 하자 얼른 아이를 천천히 달래며 목소리를 낮췄다.

"그게 무슨 말이야? 이 아파트를?"

"응. 그러니까……."

"몰라서 묻는 게 아니야. 자기가 말하는 게 무슨 의미인지 는 잘 알았으니까."

얼핏 보기에도 좋은 동네, 그리고 방금 전까지만 하더라도 자신과 인연이 없을 것 같다고 생각한 아파트 단지에 살게 되었다는 말을 들었지만, 강이화는 기쁨보다 당혹감이 더 컸다.

"자동차야 백번 양보해도, 대체 무슨 회사가 직원에게 이런 아파트를 선물로 줘?"

"J&S컴퍼니라고, 조광 그룹이랑 SJ컴퍼니의 자회사가 합자해서 만든 회사야. 아, SJ컴퍼니는 어디냐 하면……."

고개를 저은 강이화가 걱정 어린 얼굴을 했다.

"자기, 혹시 이상한 서류에 사인한 건 아니지?"

"……아니야. 대체 날 뭐로 보고."

"그러니까 하는 말이지. 자기 기분 나쁘라고 하는 소리는 아닌데 조금 냉정하게 말할게. 터놓고 말하면 자기는 대학교도 안 나왔고, 고등학교도 나오다가 말았잖아? 그런 자기한테 그런 큰 회사……. SJ컴퍼니? 거기서 자기한테 이 좋은 차랑 얼핏 보기에도 고급스러운 아파트를 덥석 주었다고?"

"보는 대로야."

솔직한 심경으로는, 말하는 오명태조차 아직 어안이 벙벙할 지경이었다.

오명태 또한 김철수에게 이런 이야기를 들으며 그가 대체 무슨 말을 하는 건지 분간을 하질 못했으니까.

어제 호텔에서 나온 뒤, 김철수는 '차 구경을 해 보고 싶다'는 구실을 대 가며 오명태와 단둘이 차 안에 남았다.

김철수는 '좋은 차군요' 하며 차 내부를 이리저리 둘러보더니 시선을 주지 않은 채 툭 말을 이었다.

「오명태 씨는 내일 서울에서 이성진을 만나 주십시오.」

이성진?

그제야 김철수가 고개를 돌려 오명태를 보았다.

「SJ컴퍼니 사장인 이성진 말입니다. 혹시 못 들어 보셨습니까?」

「아······. 예. 아까 호텔에서 말씀하신 그 회사 아닙니까? 이번에 위장 취업하는 회사인 J&S컴퍼니의······.」

나 원 참.
김철수가 쓴웃음을 지으며 고개를 저었다.

「그거 말고는요?」
「그거 말고는 음, 석동출 씨의 위장 신분인 마동철 전무란 사람이 속한 회사의 모기업이라는 거 말입니까?」

김철수는 흠. 하고 가벼운 한숨을 내쉬었다.

「보아하니 오명태 씨는 강이찬 씨로부터 아무것도 못 들으신 것 같군요. 실은 강이찬 씨의 현재 소속이 SJ컴퍼니입니다.」
「형님이요?」

김철수는 강이찬을 '형님'이라 부르는 오명태의 호칭이 우스웠는지 픽 웃었다.

「예, '오명태 씨의 형님'이요. 뭐, 하긴. 강이찬 씨 입이 좀체 무거워서 말이죠. 그런 강이찬 씨이니 저도 그를 높이 사고 있었지만요.」

김철수가 말을 이었다.

「그리고 조금 정정할 게 있는데, 오명태 씨의 이번 취업은 위장 취업이 아닙니다.」
「예?」
「그쪽에서는 오명태 씨가 이 바닥에서 손을 씻고 새 출발을 하길 바라더군요.」

그쪽이라니.
오명태는 '그쪽'이라는 어휘가 강이찬을 포함하는 것인지 궁금했다.
오명태와 마지막으로 만났을 때, 강이찬은 '여간해서는 관여하지 않겠다'는 어투로 말을 했으니까.
물론 그러면서도 동생(아내)에게 무슨 일이라도 생기면 가만있지 않겠다는 무시무시한 암시를 남기기는 했지만.

「뭐, 소위 말하는 낙하산입니다. 강이찬 씨는 이성진 사장님의 신뢰를 사는 몇 안 되는 사람이거든요.」

오래 보지는 않았지만, 오명태는 강이찬의 성정이라면 누군가의 신뢰를 살 법하다고 생각했다.

하지만, 그런 이유까지 포함해 오명태는 강이찬이 이성진이라는 사장에게 자신의 안위를 부탁했으리란 생각이 들지 않아서 그에게 물었다.

「이번 일은 형님도 알고 계십니까?」

「아마 모를 겁니다. 설령 그가 안다고 해도 별로 달라질 것은 없을 거고요.」

그렇다는 건, 이번 일은 강이찬의 의사와는 별개로 이성진이라는 고용주의 독단인 것이리라.

「개인적인 해석을 덧붙이자면 이성진 사장님은 강이찬 씨가 자신의 말에 껌뻑 넘어가 주길 바라는 눈치여서요.」

즉, 자신이 '낙하산 인사'에 발탁된 것은 강이찬의 환심을 사기 위한 이성진의 수작인 것이다.

'그렇다고 하니 그나마 납득이 가는군.'

김철수의 입이 조금 풀린 것 같아 오명태는 겸사겸사 이성진이라는 사람에 대해 물었고, 김철수가 대답했다.

「사업을 할 땐 강단이 있는데 정작 본인은 소심하다고 할지……. 그는 저도 갈피를 잡기 힘든 사람입니다.」

혼잣말을 하듯 대답한 김철수가 다소 사무적으로 어조를 고쳐 말을 이었다.

「군말이 길었군요. 그럼 자세한 이야기를 해 보겠습니다.」

자세한 이야기라고 했지만, 그가 말한 전달 사항은 대략적이었다.
전달을 마친 김철수가 말을 이었다.

「아무튼 그렇게 됐으니 내일 먼 길 운전 조심하시고, 수고해 주십시오.」

이만하면 용건이 끝났다는 듯, 김철수가 조수석 문손잡이에 손을 댔다.

「저, 김철수 씨.」

그는 김철수를 김강철 형사처럼 '요원님'하고 부르려다 말았다.

「그러면 저는 이번 일에서 발을 빼는 겁니까?」

그 말에 잠시 멈칫한 김철수가 대답했다.

「조금만 더 고생해 주십시오.」

김철수는 빙긋 웃으며 그 말을 남기고 차에서 내렸다.

'······그런 상황이니 나도 이번 일은 도깨비에 홀린 기분이지.'

짧은 회상을 마친 오명태는 고개를 저어 생각을 털어 낸 뒤 미소 띤 얼굴로 강이화를 보았다.

"아무튼 걱정할 거 없어. 당신은 내 말을 안 믿는 눈치지만 저번 회사에서 꽤 중요한 일을 맡고 있었거든. 아마 거기 사장님도 내 그런 면을 높이 사 주신 모양이야."

강이화는 걱정을 채 떨치지 못했으면서도 마지못해 고개를 끄덕였다.

"자기가 그렇다고 하니 그런 거겠지만······."

강이화가 애써 어조를 밝게 고쳐 말했다.

"그래도 조금이라도 이상하다고 생각하면 바로 발 빼는 거야. 알았지?"

"걱정 말래도. 건실한 회사야. 심지어 이번 합자회사는 조광이 모회사인 회사인걸."

그런 오명태도 SJ컴퍼니가 삼광전자의 자회사라는 건 아직 몰랐다.

"아, 여기다."

오명태는 김철수에게 전달받은 아파트 동 단지로 천천히 차를 몰았다.

적당한 자리에 주차를 한 뒤, 세 가족이 차에서 내렸다.

고급 승용차여서 그런지 경비원도 별다른 제지를 하지 않았고, 아내와 어린 딸아이를 보곤 오명태에게 묵례까지 했다.

'나도 불안하기는 마찬가지지만…… 내가 그런 모습을 보이면 아내는 더 불안해할 거야.'

오명태는 적당히 고개를 끄덕여 경비원에게 인사한 뒤, 아직 잠이 덜 깬 딸아이를 안고 아파트 입구로 들어섰다.

'그래, 이번 일만 마치고 나면 손을 씻게 해 준댔으니까.'

이성진에 대해서는 알지도 못하고, 김철수도 신뢰할 수 있는 인물이 아니지만, 강이찬이 이성진을 신뢰한다면 오명태는 그런 상황을 신뢰하기로 했다.

"들어오시죠."

"들어가도 되는 겁니까?"

나는 빙긋 웃으며 고개를 끄덕였다.

'흠, 꽤 좋은 집이군.'

아니 꽤 좋은 정도가 아니라 서민 기준에선 꿈에 그릴 법한 집이다.

내가 그런 평가를 한 것도 이번 생에 들어 그 훌륭한 저택에서 머물다 보니 주제도 모르고 눈이 높아진 것이리라.

번화가에서는 약간 변두리지만 강남 인근에 자리 잡은 이 신축 아파트는 전생에도 아는 사람만 아는, 사고 싶어도 당최 매물이 나오질 않는 그런 곳이었다.

그런 만큼 인근에는 각종 복지 시설이며 교육 환경 등 인프라 시설을 잘 갖추고 있었고, 이번에 구매한 호실은 그중에서도 꽤나 대형 평수에 해당하는 곳이었다.

'화장실 두 개, 방 다섯, 안방 옆에 창고로 쓸 수 있는 하나. 세 가족이 살기에는 너무 큰가, 하고 생각할 정도지.'

애 둘은 더 낳아도 될 거 같다.

(아파트 기준)넓은 실내는 아직 가구가 들어오질 않아서 그런지 실제 면적보다 더 넓은 것처럼 느껴졌고, 베란다 밖으론 저 멀리 숲이 보였다.

"어때요?"

내 말에 덤덤한 얼굴로 실내를 둘러보던 강이찬은 왜 자신에게 그런 걸 묻느냐는 듯한 얼굴로 대답했다.

"좋은 집이군요."

무난한 대답이지만, 사실은 별로 관심이 없다는 의미를 내포한 대답이기도 했다.

강이찬도 자신의 대답이 너무 성의가 없었다는 걸 깨달았는지, 얼른 덧붙였다.

"주변 환경도 좋고요. 특히 조용해서 더 마음에 듭니다."

"네. 대로변에서 좀 떨어져 있으니까요."

비록 마지못해 대답하기는 했지만, 아마 '조용해서 마음에 든다'는 것만 강이찬의 취향일 터.

강이찬은 물욕이 없는 사람이다.

지금도 이 시대 해당 직군 평균보다 꽤 높은 액수의 적잖은 월급을 그에게 지급하고 있지만, 그는 그조차 다소 부담스러워하는 눈치였다.

'마음 같아서는 돈을 더 줘서 그걸로 환심을 사고 싶지만, 그랬다간 오히려 마이너스일 테지.'

강이찬이 사는 곳을 방문한 적은 없지만, 아마 거기는 변변한 가구조차 갖추지 않은 곳이지 않을까.

'그 인생과 목적을 생각하면 그런 식으로 미련을 남기지 않는 것이 습관이 되었겠지만……. 이제 모든 게 다 끝난 마당에도 그런 면모가 변하지 않는 걸 보면 그 검소함은 강이찬의 천성인가 보군.'

한편 강이찬은 내가 이 집에 대한 자신의 의견을 구하는 듯한 뉘앙스를 보이자, 마음에도 없는 감상을 남기는 대신 내게 물었다.

"사장님께서 거주하실 예정입니까?"

"아뇨. 저는 이미 예은 씨가 있는 빌라로 입주할 예정이라고 했잖아요?"

"생각이 바뀌신 줄 알았습니다."

강이찬이 덧붙였다.

"여기선 분당이랑 가깝기도 하고요."

운전기사로서 직업 의식일까.

나는 강이찬의 말에 미소를 지으며 대답했다.

"이 아파트는 이번에 설립할 합자회사의 임원에게 제공할 집으로 구매했어요."

내 말에 강이찬은 그제야 내가 왜 여길 방문했는지 얼추 알겠다는 얼굴로 고개를 끄덕였다.

"그럼 오늘은 시험 삼아 방문하신 거군요."

"그런 셈이죠. 아직 가구가 없어서 휑하기는 한데……. 그냥 몇 개는 옵션으로 제공할까, 하는 생각도 드네요."

강이찬이 쓴웃음을 지었다.

"이 정도만 하셔도 충분할 겁니다."

"그래요? 하다못해 TV 정도라도 해 주면 괜찮을 거 같은데. 삼광전자에 문의하면 싸게 살 수 있지 않겠어요?"

"……그럴 것 같습니다."

이야기가 사업에 가까워지자, 내 곁을 따라다니며 의식적으로 경영학을 공부하기 시작한 강이찬은 내 이야기에 좀 더 어울려 주었다.

강이찬은 아무래도 언젠가 그에게 말한 '상담이 필요한 일이 있다면'을 아직도 염두에 두고 이를 진지하게 받아들인 모양이었다.

'아무튼 성실하다니까.'

강이찬이 말을 이었다.

"이번에 설립할 회사는 비록 조광 측, 조세화가 더 큰 지분을 가져가고는 있으나 SJ컴퍼니의 역할도 적지 않다는 걸 보여 줄 필요가 있으니까요. 이 기회에 삼광전자 측과 연계해 무언가를 한다면 임직원들도 SJ컴퍼니가 삼광전자의 자회사라는 것을 더 명심하게 될지 모르겠습니다."

강이찬도 이쪽 공부를 열심히 했는지, 꽤나 기특한 말을 해 준다.

"그렇겠군요. 하긴, 우리 회사 내부에서도 저희가 삼광전자 자회사라는 걸 잘 모르는 직원들이 태반이더라고요."

특히 SBY 녀석들은 언젠가 삼광전자 MP3 CF를 수주하며 '어째 광고 단가가 좀 낮은 기분이다' 하고 의문을 제기했고, '따지고 보면 SJ엔터는 삼광전자 손자회사니까' 하는 천희수의 말을 듣고서야 '아, 그랬어?' 하며 그들이 삼광 그룹 계열사에 속해 있다는 걸 깨달았을 정도니까.

'아무리 계약직이라지만, 그런 일은 좀 자각을 해 주면 좋

겠군.'

조만간 그들과 계약을 갱신하게 되면 일상 속에서 삼광전자 제품을 쓰게끔 하는 것도 계약서에 명시해야 할지 모르겠다.

'아주 먼 훗날의 일이기는 하지만 스마트폰이 나오고 나면 특히나.'

삼광전자의 손자회사 소속이면서 경쟁 그룹 제품을 쓴다면, 어쨌거나 싫은 소리가 나오길 마련이고.

그러고 있으려니 현관문이 열리는 소리가 들렸다.

"어머, 누가 있나?"

"아. 혹시……."

"아니, 애 신발도 있잖아. 잘못 들어온 거 아니야?"

두런두런, 현관 부근에서 당황하는 목소리가 들렸다.

"오명태 씨, 여깁니다. 들어오세요."

내가 목소리를 조금 높여 말하자, 그들은 입을 다물곤 현관을 지나 거실로 들어왔다.

"저, 실례하겠습니다."

모두 초면이었지만, 대강 누가 누구인지는 알 것 같다.

방금 전 바짝 긴장한 말투로 인사한 남자가 오명태일 것이고, 그 옆에서 약간의 경계, 그리고 나를 향해 의아함을 표하는 것이 강이찬의 동생인 강이화.

그리고 오명태에게 안겨 있는 여자애는 강이찬의 조카일

것이다.

한편, 강이찬은 오명태를 보자마자, 그리고 강이화를 발견하고선 무표정한 얼굴로 우뚝 굳었다.

"저어……."

강이화는 그런 강이찬을 힐끗 보았다가 그 시선이 부담스러운지, 내게 대신 물었다.

"얘, 혹시 저분이……."

못 알아본 건가?

하긴 만난 지 오래된 데다가 생사도 모르는 모양이고.

"처음 뵙겠습니다. SJ컴퍼니 사장, 이성진입니다."

"응……?"

SJ컴퍼니 사장이 초등학생이라는 것까진 듣지 못한 모양인지 그녀는 어리둥절한 얼굴로 나를 보았다가, '그럼 저 사람은 누구지?' 하는 표정을 지으며 줄곧 자신을 보고 있는 강이찬을 향해 어색하게 시선을 옮겼다.

"아, 사장님이라고 하셔서 나는……."

그때, 강이찬과 눈이 마주친 강이화가 강이찬처럼 우뚝, 굳었다.

'이제야 알아본 모양이군.'

마침내 강이화가 입을 뗐다.

"오빠? 오빠 맞지?"

"……."

"오빠!"

그녀는 강이찬의 품에 달려가 와락 안겨 엉엉 울었고, 강이찬은 그 상태로 굳었다.

"오빠, 오빠가 왜 여기 있어!"

강이화는 오열하면서 강이찬의 가슴팍을 때려 댔다.

그 바람에 사태 파악을 못 하는 어린아이는 오명태의 품에 안긴 채, 제 엄마를 따라 울었다.

그 바람에 이 집은 삽시간에. 초상집 아닌 초상집 분위기가 되고 말았지만.

'내가 기대한 이산가족 상봉의 광경은 아니군. 그래도 뭐, 어때.'

나는 그 모습을 지켜보며 생각했다.

'여긴 방음이 잘되는 집이라고 들었거든.'

강이화는 한참이 지나서야 어느 정도 진정을 했고, 그녀는 코를 훌쩍이며 포옹을 풀었다.

"정말, 오빠는 지금까지 어디서 뭘 하고 있었던 거야?"

"……."

뭘 하긴, 물밑에서 광남파를 괴멸시켰지.

"아니야, 됐어. 잘 지내는 것 같아서 다행이야."

강이화는 웃으며 강이찬의 어깨를 툭툭 두드리더니 아차 싶은 얼굴로 오명태를 가리켰다.

"아 참, 소개가 늦었네. 여기는 내 남편이야. 여보, 저번에 말했지? 나한테 오빠가 한 명 있다고. 이 사람이 우리 오빠야."

서로 구면일 터인 상황에 강이찬은 오명태를 어떻게 대해야 할지 갈피를 잡지 못했지만, 오명태가 그 난감한 상황을 해소했다.

"처음 뵙겠습니다. 오명태입니다."

"……강이찬이오."

결국 둘은 오늘 처음 만난 사이로 퉁 치기로 했다.

하긴, 둘이 이미 아는 사이였다고 해 버리면 상황은 한층 더 복잡해질 것이고, 강이화는 그 과정에 그녀가 굳이 알 필요가 없는 일까지 알게 될지 모르니까.

두 남자의 인사가 끝나자 강이화가 웃으며 말했다.

"그리고 얘가 내 딸, 오선희. 선희야, 외삼촌한테 인사해야지?"

하지만 꼬마는 강이화의 말을 따르지 않고 오명태의 등 뒤로 숨었다.

아무래도 저 꼬마에게 강이찬은 '엄마를 울린 나쁜 사람'이라고 인식되고 있을 것이다.

'뭐, 그것도 차차…… 풀리려나?'

어쩌면 저 두 사람 사이가 좋아지려면 생각보다 오랜 시간이 걸릴지도 모르겠다.

'강이찬도 천성이 무뚝뚝한 사람이니, 곧잘 오해를 사기 쉽

고.'

꼬마의 태도에 강이화가 쓴웃음을 지었다.

"얘도 참, 삼촌한테 인사하라니까."

"아니야, 됐어. 아직 조금 당황스러운 모양이지."

강이찬이 힘겹게 입을 뗐다.

이 상황이 당혹스럽겠지만, 그런 돌발 상황에 대처하는 훈련을 받아 온 덕인지 강이찬은 내가 예상하던 것 이상으로 이성적인 반응을 보였다.

"사장님, 그러면 말씀하신 합자회사의 임원이 여기 있는 오명태 씨 입니까?"

"아, 네. 그래요."

이 상황에 꿔다 논 보릿자루처럼 있으려고 했지만 강이찬은 구태여 나를 끼워 넣었다.

강이화는 그제야 내 존재를 다시금 인식한 모양인지, '맞다, 얘가 SJ컴퍼니 사장님이랬지' 하는 얼굴로 나를 보았다.

"저, 그러면…… 저희 오빠랑은?"

그러면서도 강이화는 내게 존대를 해야 할지, 나이에 걸맞은 하대를 해야 할지 모르는 눈치였지만.

강이찬이 대신 대답했다.

"나는 지금 이성진 사장님 운전기사로 일하고 있어."

"아."

강이찬의 말에 고개를 끄덕이는 강이화를 보며, 나는 조금

부끄러웠다.

나는 그녀의 질문을 받고 강이찬을 우리 회사의 중역쯤 되는 위치로 소개할까 했지만, 강이찬은 아무렇지도 않게 내 운전기사로 일하고 있다는 걸 말했다.

아무래도 나는 전생에 아버지가 이태석의 운전기사로 일했던 것을 여태껏 콤플렉스로 여기고 있는 모양이다.

"그랬……군요. 인사가 늦었습니다. 오명태의 아내 강이화예요."

강이화는 그쯤해서 나에 대한 말투를 어떻게 할지 결정한 듯했다.

'뭐, 그도 그럴 것이 오빠와 남편의 고용주니까.'

나는 미소 띤 얼굴로 강이화의 인사를 받았다.

"네, 앞으로 잘 부탁드립니다."

그녀는 내 인사를 정중하게 받은 뒤, 아마 내게 따져 묻고 싶었을 것을 오명태에게 대신 물었다.

"자기, 혹시 우리 오빠가 여기 있는 거 알고 있었어?"

오명태가 손사래를 쳤다.

"아, 아니야. 그럴 리가. 나도 여기서 형님을 뵐 줄은 몰랐는걸."

어느 정도는 사실일 거다.

내가 알기로도 오명태는 이번 고용 전까지 강이찬이 SJ컴퍼니에 있다는 사실도 몰랐던 모양이니까.

"흐음……."

강이화는 수상쩍다는 듯 눈을 가늘게 뜨고 오명태를 보았다.

"흠, 흠. 저도 저희 강이찬 씨의 동생께서 오명태 전무님의 아내이신 줄은 몰랐습니다."

나는 그쯤해서 오명태에게 동아줄을 내려 주었고, 내가 나서니 강이화도 차마 이 자리에서 의심을 이어 가지 못했다.

"그러셨군요. 그런 거치고는……."

"반응이 평소 같죠?"

"……네에."

"이래 보여도 저, 엄청 놀라고 있어요. 오히려 아직 상황 파악이 안 되고 있다는 것에 가깝거든요."

내가 이 상황을 두둔하고 나서자 강이화는 '그런가' 하고 납득하는 눈치였다.

뭐, 그녀 입장에서는 이 일을 더 파고들어 봐야 결과가 바뀌는 것도 아니고, 좋은 일에 굳이 재를 뿌릴 필요는 없단 판단이리라.

'냉정하게 말하면 강이화도 오명태와 어떻게 만나서 결혼까지 하게 됐는지는 강이찬에게 말하지 않을 테니까.'

어떤 일은 덮어 두고 모른 척하는 것이 더 도움이 될 때도 있는 것이다.

'설령 가족이라 할지라도. 아니 가족이기에 더더욱.'

그래서 나는 그들이 생각할 틈을 주지 않기 위해 금방 말을 이었다.

"그럼 조금 공적인 이야기를 해 볼까요?"

"아, 그러면 저는……."

나는 강이화가 눈치껏 꼬마를 데리고 자리를 비키려는 걸 만류했다.

"아뇨, 공적인 이야기라고는 했지만 이 집과 관련한 이야기이니 강이화 씨도 계셔 주세요."

강이화는 그제야 이 집이 내가—정확히는 J&S컴퍼니—제공한 부동산이라는 걸 새삼 깨달은 얼굴이 됐다.

"아, 네."

"우선."

나는 오명태를 보았다.

"오명태 전무님, 저희 J&S컴퍼니에 입사하신 것을 진심으로 환영합니다. 먼저……."

나는 이 아파트가 J&S컴퍼니 법인 소유 예정인 부동산이며, 희망하는 임원들에게 우선적으로 지급하는 건물임을 알렸다.

그러면서 나는 임원 계약 중일 때는 이 아파트를 무상으로 대여하며, 만일 바란다면 이 아파트를 구매할 수 있도록 회사에서 무이자로 대출을 해 주겠다는 이야기도 더했다.

'자고로 부동산 대출은 직원을 이직 없이 오랫동안 붙잡아

두는 보험 역할을 하는 법이거든.'

더군다나 저 꼬마가 학교를 다니기 시작하며 이 부근에 자리를 잡기 시작하면, 더더욱 이사를 떠나기 힘들어질 것이다.

여담으로 내 입에서 조금 전문적으로 들리는 이야기가 흘러나오자 강이화도 내가 단순한 초등학생이 아닌 어느 한 기업의 어엿한 사장임을 납득하기 시작한 눈치였다.

"……이 자리에서 모두 결정하라고는 말씀드리지 않겠습니다만, 개인적으로는 모쪼록 온 가족이 이 집에서 지내 주셨으면 합니다."

나는 보란 듯 주위를 둘러보았다.

"또, 보시다시피 지금은 아무 세간 없이 텅 비어 있지만…… 최소한 TV, 세탁기, 냉장고 등은 저희 SJ컴퍼니의 모회사인 삼광전자에서 지원을 받을 수 있을 거 같거든요. 물론 기존에 쓰던 게 있다면 그걸 사용하셔도 되고요."

오명태가 눈을 깜빡였다.

"삼광전자에서요?"

보아하니 오명태도 SJ컴퍼니가 삼광전자의 자회사였다는 걸 모르는 눈치여서, 나는 구태여 대답을 늘였다.

"네, 저희 모회사인 삼광전자요."

오명태는 얼떨떨한 얼굴로 고개를 끄덕였다.

"아…… 예. 무척 감사한 제안입니다. 안 그래도 세탁기를 바꿀 때가 됐다고 들어서.”

“하하, 그렇게 하시죠. 게다가 창원에서 여기까지 배송하는 일이 더 수고로울 겁니다.”

나는 이어서 오명태 가정의 내무부장관을 보았다.

“강이화 씨도 괜찮으신가요? 이 자리에서 대답을 바라는 것 같아서 죄송합니다만.”

“아뇨, 저희로서는 감사할 따름이에요.”

그사이 조금 여유를 되찾았는지, 강이화가 미소 띤 얼굴로 답했다.

“제 딸은 아직 유치원도 들어가기 전이고…….”

강이화가 강이찬을 힐끗 보았다.

“또, 가까이 오빠도 있으니까요.”

“예. 강이찬 씨는 지금 분당에 있는 저희 회사 근처에 거주하고 있습니다만, 여기서 분당은 그렇게 멀지도 않고요.”

그러면서 힐끗 강이찬을 살폈는데, 그는 마치 이런 상황에선 이렇게 해야 한다는 걸 배운 것처럼, 무슨 생각을 하는 건지 알 수 없는 얼굴로 잠자코 있기만 할 뿐이었다.

나는 다시 말을 이었다.

“그럼, 전달 사항은 여기까지입니다. 쌓인 이야기도 많으실 테니 저는 이만 가 보겠습니다. 지금부터는 가족들끼리 회포를 나눠 주세요.”

그러고 내가 이 집을 나서려는데, 강이찬이 불쑥 끼어들었다.

"바래다드리겠습니다."

"아뇨, 저는⋯⋯."

"그렇게 해 주셨으면 좋겠습니다."

여기에 오기 전, 강이찬은 택시를 타고 가겠다는 내 말에
동의를 해 놓고서는 이번엔 한사코 나를 마중하겠다며 강력
히 주장했다.

"알겠습니다. 그러면 가시죠."

뭐, 강이찬도 이 상황에 대해 내게 할 말이 많은 눈치고.

"오빠."

강이화의 얼굴에 걱정이 어리자 강이찬은 그답지 않게 미
소를 지었다.

"다녀올게."

"진짜지?"

이미 다 큰 성인들이면서, 그들은 마치 마지막으로 만났던
그 시절로 돌아간 듯했다.

"그래."

"⋯⋯알겠어. 그럼 다녀와."

강이화는 이대로 강이찬을 보내면 다시 돌아오지 않기라
도 하는 양 마지못해 그를 보내 주었다.

그렇게 오명태 가족을 남겨 두고 강이찬과 단둘이서 집을
떠났지만, 강이찬은 엘리베이터에서도, 내게 차 뒷문을 열어

주고 시동을 켤 때까지도 아무런 말도 하지 않았다.

"사장님."

강이찬이 다시 입을 연 건 시동을 걸고 얼마 지나지 않아서였다.

"어디로 모실까요?"

"……강남역으로 가 주세요."

"알겠습니다."

강이찬이 차를 몰았다.

그가 다시 입을 연 것은 차가 아파트 단지를 떠나고 나서였다.

"지금 이게 어떻게 된 일인지 말씀해 주실 수 있겠습니까?"

고개를 돌리지 않은 채 던진 그 말은 왠지 감정을 읽어 내기 힘들었다.

나는 무슨 말을 할까 생각하다가 대답했다.

"보시는 대로, J&S컴퍼니에서 오명태 씨를 고용하기로 했습니다."

"……혹시 안기부의 요청이었습니까?"

나는 그 말투에 녹아든 언짢은 기색을 읽었다.

"아뇨. 제가 안기부에 요청했습니다."

그 말에 강이찬이 백미러로 나를 힐끗 살폈다.

"어째서입니까?"

"그야, 강이찬 씨의 가족이니까요."

"……."

"강이찬 씨도 오명태 씨가 그런 일에서 손을 떼길 바라시지 않았습니까?"

"저는……."

강이찬은 무어라 말을 하려다 입을 다물었다.

아마 그가 하고 싶었던 말은 '나는 그런 부탁을 한 적 없다'는 것이리라.

그래서 내가 먼저 물었다.

"혹시, 미리 말씀드리지 않은 것이 언짢으십니까?"

"……."

강이찬은 대답하지 않았다.

"솔직히 말씀드리면."

강이찬이 다시 입을 뗀 것은 차가 대로를 탈 무렵이었다.

"저는 지금 무슨 낯으로 사장님을 뵈어야 할지 모르겠습니다."

왜, 너무 고마워서?

'아니 그런 뉘앙스는 아니군.'

강이찬이 말을 이었다.

"오늘 여기 오기 전까지만 하더라도 저는 어쩌면 제 평생, 제 동생을 보지 않고 살아갈지 모르겠다는 생각을 하고 있었습니다."

강이찬이 강이화를 만나려고만 했다면, 실은 오명태가 누구라는 걸 알자마자 가능했을 것이다.

　하지만 그가 그러지 않은 건, 지레 겁이 나서였으리라.

　그는 광남파에 복수를 하겠다는 명목으로 동생 곁을 떠났고, 그 결과 어머니는 의문의 죽음을 맞았으며 동생은 술집으로 팔려 나갔다.

　광남파에 대한 복수가 끝난 지금, 강이찬은 삶의 목적을 잃어버렸을 뿐만 아니라 가장 중요한 순간 가족 곁에 있지 않았다는 뒤늦은 자책이 밀려들어 오고 있는 것이리라.

　'그런 심정은…… 나도 조금 알지.'

　나는 내 감정을 강이찬에게 들키지 않도록 속으로 쓰게 웃었다.

　강이찬이 말을 이었다.

　"그래서 아까도 말씀드렸지만 저는 지금, 여러 의미에서 어떻게 사장님의 얼굴을 봐야 할지 모르겠습니다."

　강이찬이 말한 '여러 의미'에는 부정적인 감정도 포함되어 있으리란 것쯤은 이제 말하지 않아도 알았다.

　강이찬과 이성진이 떠나고 난 뒤부터, 강이화는 분주하게 집을 서성거렸다.

"자기, 여기 와 봐. 이 방은 나중에 자기 서재로 쓰면 되겠다."

"됐어. 서재는 무슨……."

"그래도 모처럼 넓은 집인데 쓸 수 있으면 써야지. 이미 선희 놀이방으로 쓸 방도 있고."

강이화는 발걸음을 옮기며 재잘댔다.

"이러니 저러니 해도 주방이랑 부엌이 큰 게 제일 마음에 들어. 오븐 겸용 가스레인지를 넣어서 선희랑 집에서 빵도 구워 볼까?"

"……."

불안해하고 있군.

같이 산 세월이 얼만데, 아내의 이런 반응이 어느 감정에서 기인한 건지 모를 오명태가 아니었다.

"괜찮아?"

오명태가 묻자, 강이화 어깨를 움찔하고 떨었다.

"뭐, 뭐가?"

"당신, 지금……."

오명태는 하려던 말을 고쳤다.

"있잖아, 이 근처 어디에 뭐가 있는지 알아볼 겸 밖에서 동네 산책이라도 할래?"

"아니."

강이화가 단호하게 거절했다.

"나갔다가 오빠랑 길이 엇갈리면 어떡해. 삐삐 번호도 모르는걸. 삐삐는 있을까? 음, 운전기사라고 했으니까 삐삐 정도는 필수겠지?"

강이화가 한숨을 내쉬었다.

"정말, 아까 삐삐 번호라도 받아 둘걸, 그땐 나도 경황이 없었네. ……아, 참. 그 회사로 전화를 걸면 되려나? SJ컴퍼니랬지? 자기 핸드폰으로 114에 물어보면……."

오명태는 차마 자신이 이미 강이찬의 핸드폰 번호를 알고 있다는 말은 못 했다.

"괜찮아. 형님도 사장님만 데려다드리면 금방 오시겠지. 여기서 강남역은 별로 멀지도 않던걸. 아까 오면서 차에서 봤잖아?"

걱정도 팔자군.

하지만 그 위로에 강이화가 고개를 홱 돌려 오명태를 보았다.

"안 오면?"

"응?"

"이대로, 오빠가 돌아오지 않으면 어떡해?"

"그럴 리가 없……."

"저번에도 그랬어."

강이화가 딱딱한 얼굴로 오명태의 말을 잘랐다.

"오빠는 저번에도 그랬다고. 어느 날 갑자기 아무런 말도 없이, 우리를 떠났단 말이야."

"······."

그 딱딱한 어조에 오명태의 품에 안긴 딸아이가 불안해하는 얼굴을 하자, 강이화는 억지로 웃으며 딸아이의 머리칼을 쓸어 주었다.

"······어쩌면 나는 아까 오빠를 만났을 때, 반가움보다도 원망이 앞섰던 걸지도 몰라."

"원망이라니?"

"오빠는······ 오빠를 가장 필요로 하는 순간에 가족을 버리고 도망갔으니까."

"······."

사정을 아는 오명태는 그런 것이 아니라고, 오히려 강이찬은 광남파에 맞서기 위해 인생을 바친 것이라고 해명하고 싶었다.

하지만 사정을 알고 있기에 더더욱, 오명태는 강이찬에 대해 어떻단 말을 할 수 없었다.

강이찬이 말을 이었다.

"비록 얼마 전, 염치 불고하고 사장님께 오명태의 안전을 부탁드렸다고는 하나······ 그렇다고 제가 동생 앞에 얼굴을 들이미는 날이 오게 될 줄은 몰랐습니다."

강이찬의 불만은 오명태의 안전을 위해 그를 임원으로 고용한 것이 아닌, 자신이 동생과 만난 일 자체였다.

"정말로 평생 동안 동생분 얼굴을 안 보고 살 생각이셨어요?"

"……어쩌면요."

강이찬이 담담히 말을 이었다.

"동생은 아마 저를 원망하고 있을 겁니다."

"그럴 리가요."

"아뇨."

강이찬이 단호하게 부정했다.

"저는 광남파와 엮인 이후 그동안 줄곧, 복수를 위해 살아왔습니다만 그건 어디까지나 저 자신을 위한 것이었습니다. 거기에 남겨진 가족의 안위는 없었죠. 복수가 끝난 지금 와서도 그 생각은 변하지 않습니다."

"……."

"그래서 저는 제가 지금껏 해 온 걸 이화가 알게 되는 것이…… 두렵습니다."

예상대로 강이찬은 자신이 해 온 일을 후회하고 있었다.

하지만 그 후회는 복수를 한 것, 그 과정에 사람을 죽였기 때문이 아닌, 그 이유로 가족 곁을 떠나 장남으로서 남은 가족을 지켜 주지 못했다는 자책을 향해 있었다.

'······그나마 사람을 죽여 손을 더럽혔기 때문이라고 말하지 않은 건 다행이군.'

강이찬은 군인 출신이다.

군인이 하는 일은 위기 상황 시 적을 향해 망설임 없이 방아쇠를 당기는 것이며, 강이찬이 해 온 훈련도 그런 '살인에 익숙해지는 것'이다.

나도 한때는 그 트라우마를 깊이 간직하고 그 기억을 평생 지고 살아가게 될 줄 알았지만, 강이찬은 얼마 전 자신이 행한 살인의 경험을 극복한 듯했다.

'그건 차치하더라도 결국 강이찬은 복수를 위해 가족을 버렸다는 자책에서는 벗어나지 못하고 있었군.'

내가 물었다.

"그러면 강이찬 씨는 지금 어떻게 하고 싶으신가요?"

"저는······."

강이찬은 한 차례 뜸을 들인 뒤 말을 이었다.

"······솔직히 말씀드리면 지금 당장이라도, 아무도 모르는 곳으로 사라지고 싶은 심정입니다."

"······."

그건 좀, 뭐랄까.

내가 해 온 걸 물거품으로 만드는 일이다.

'사실, 나를 목적지에 내려 준 강이찬이 이대로 어딘가 훌쩍 떠나 버려도 나로선 그를 붙잡지 못하겠지.'

강이찬의 성격에 이 차 정도는 회사에 반납하고 사라질 테지만.

그래서 나는 순간적으로 그와 강이화를 만나게 하는 일은 조금 성급하지 않았나, 후회했다.

'……아니. 그것도 결국엔 강이찬이 극복해야 할 일이야.'

나도 비슷한 삶을 살았던 주제에 남에게 훈계를 할 입장은 아니다.

오히려 나보다는 강이찬이 더 낫다.

그는 최소한 자신의 인생을 파멸로 몰아넣은 원흉을 자신의 손으로 직접 처단하지 않았던가.

그런 반면에 나는 내 손으로 이성진을 죽이기는 했으나, 그게 옳았다고는 생각하지 않는다.

제아무리 이성진이 개망나니였고, 그가 내 인생을 몰아넣은 장본인이라지만 그렇다고 죽여서 복수를 할 정도로 내게 나쁜 짓을 한 것은 아니다.

'그렇다고 협박을 당했기 때문에 어쩔 수 없이 그랬다고는…… 변명하고 싶지 않군.'

그런 나조차 이성진을 향해 방아쇠를 당기는 그 순간만큼은 어떤, 모종의 유열 같은 것을 느낀 걸 부정할 수 없다.

'그게 끝난 뒤에 나 자신도 놀랄 만큼 담담했던 건, 내가 사람을 죽였다는 것에 실감이 나지 않았기 때문이겠지.'

내가 이성진을 죽이고 난 뒤의 세상은 보지 못했지만, 그리고 그 일로 대한민국 전체, 나아가 글로벌 시장에 어떤 요동이 치기는 했겠지만, 그렇다고 내 주변이 변하는 것은 없었으리라.

죽은 아버지가 살아 돌아오는 것도 아니고, 한성아와 관계가 회복되는 것도 아니다.

또한 이후, 그들에게 인질로 잡힌 내 약혼자와 관계 또한 파탄이 날 것도 분명했다.

모든 건, 틀어지기 전에 바로잡아야 한다.

결국 가족을 외면한 결과가 어떠했는지를 잘 아는 입장에서, 그리고 연장자로서 그래서는 안 된다는 충고 정도는 해 주고 싶었다.

"원하신다면 그렇게 해 드리죠."

나는 일부러 그를 도발하는 말을 했다.

"그러면 이대로 어디론가 가 버리세요. 뭐, 그래 주신다면 저로서도 강이찬 씨에게 지급할 퇴직급여를 아낄 수 있겠군요."

"사장님, 저는 그런 뜻이 아니라……."

당황한 강이찬이 무어라 말하려는 걸 나는 끊어 냈다.

"하지만 그렇게 하면, 동생분은 또다시 상처를 받게 될 겁니다."

"……."

강이찬은 입을 꾹 다물었다.

그는 아마, 한마디 상의도 없이 이 일을 진행해 놓고선 무슨 염치로 그런 말을 지껄이는 거냐는 말을 해 주고 싶지 않을까.

나는 어조를 고쳐 말을 이었다.

"이건 저도 어디선가 들은 이야기입니다만⋯⋯. 어떤 사람이 있었습니다. 편의상 A라고 해 두죠."

강이찬은 갑자기 무슨 말을 하는 건가 의아해하는 얼굴을 했지만, 일단 끼어드는 일 없이 내가 하는 이야기를 경청했다.

"A는 별로 떳떳하지 못한 삶을 산 사람입니다. 그는 어느 재벌가 망나니의 온갖 잡심부름을 해 온 사람이죠. 그렇다 보니 세간에 알려져선 안 될 비합법적인 일도 도맡아 해 왔습니다."

"⋯⋯."

"그런 A에게는 아버지와 동생이 있었습니다. 스스로 자신이 부끄러운 일을 해 온 것을 잘 알고 있던 A는 의도적으로 가족과 거리를 두기 시작했죠. 그러면서 A는 가족들 모르게 매달 얼마간 돈을 부치며 그들을 도왔습니다. 당시 A는 그거면 자신이 할 일을 다 했다고 생각했던 모양입니다."

이야기가 거기까지 진행되자 강이찬은 무어라 끼어들고 싶어 입을 벙긋거렸다가, 입을 다물었다.

"하지만 시간이 흘러 A의 아버지는 중태에 빠졌고, 그동안 A는 아버지의 병원비를 대기 위해 온갖 일을 했습니다. 그러나 그 노력도 부질없이 아버지는 세상을 떠났고…… A는 아버지의 임종조차 지켜 드리지 못했죠. 그런 A에게 돌아온 건 남겨진 동생의 원망이었습니다."

"……동생은 A가 물밑에서 그들을 도왔던 걸 몰랐던 모양이군요."

그제야 강이찬은 그렇게 말했다.

"아뇨, 다 알고 있었답니다. 그러나 동생이 바란 건, 그런 물질적인 지원이 아니었던 모양이더군요."

"……."

"동생은 그저, 중요한 순간 가족 곁에 있어 주길 바랐을 뿐이었습니다. 그제야 A는 동생의 말에 무언가를 깨닫고 그 지저분한 일에서 손을 뗐지만, 이미 때는 늦었죠."

"……."

강이찬은 한참 만에 다시 입을 뗐다.

"왠지 방금 지어 내신 이야기는 아닌 거 같군요."

"그럼요. 뭐, 저도 누군가에게 들은 이야기지만요."

"게다가……."

강이찬은 무어라 말하려다가 고개를 저었다.

"아닙니다. 저도 사장님께서 무슨 말씀을 하고 싶으신 건지, 잘 알겠습니다."

강이찬이 가벼운 한숨을 내쉬었다.

"방금 전에는 이 상황에서 도망가고 싶다고 말씀드렸고, 지금도 어느 정도 그런 마음이 있습니다만……."

강이찬이 다소 힘겹게 입을 뗐다.

"한편으론 그런 것보다 사장님께 감사하는 마음이 훨씬 더 큽니다."

"……그래요?"

"예."

강이찬이 어색하게 웃었다.

"아까도 말씀드렸지만 사장님께서 나서 주시지 않았더라면 아마 저는 이대로, 평생 이화를 보지 않고 살아갔을지도 모르니까요. 오히려 방금 전처럼 등을 떠밀어 주셨기 때문에 이화를 만나기라도 할 수 있었다고 생각합니다."

원망인지 감사인지 모를 말이라고 생각했다.

"감사합니다."

……전예은이랑 오래 붙어 다니다 보니 강이찬도 남 생각을 읽을 수 있게 된 건가?

강이찬이 말을 이었다.

"그러니 최소한…… 제가 사장님께 받은 은혜를 갚지 않고서는 그럴 생각이 없습니다. 아마 시일이 지날수록 사장님께 받을 은혜는 더 커질 것 같지만요."

그렇다고 하니 방금은 괜한 말을 했나, 싶군.

'기껏 내 개인사를 이야기해 주기까지 했는데 말이야.'

그사이 강이찬이 운전하는 차가 강남역 인근에 도착했다.

"도착했습니다, 사장님. 여기서 내려 드리면 되겠습니까?"

"네, 이쯤 해서."

"알겠습니다."

인근에 고급 세단이 멈춰서도 힐끗거리는 사람이 없다는 게 이 동네의 장점이다.

"그럼 내일도 뵐 수 있겠군요. 아니면, 조금 휴가를 쓰시겠어요?"

강이찬이 쓴웃음을 지었다.

"아닙니다. 이미 휴가는 충분히 받았습니다."

하긴, 저번 휴가가 꽤 길기는 했지.

"그러면 내일 뵙죠."

"예, 사장님. 조심해서 들어가십시오."

나는 차에서 내려 우리 회사 법인 차량이 떠나가는 걸 지켜보다가 발걸음을 옮겼다.

말은 그렇게 했지만 내일, 그를 볼 수 있을 것인가.

'……알 수 없지.'

이대로 내 곁을 떠나간다면 그도 고작 그뿐인 거고.

5장

강이화는 함께 살면서, 강이찬에 대한 이야기를 거의 하지 않았다.

그래서 오명태는 그녀가 실은 강이찬을 원망하고 있었다는 말이 낯설면서도 께름칙했다.

오명태가 조심스럽게 물었다.

"그러면…… 지금도 그래?"

그 물음에 강이화는 잠시 생각하다가 고개를 저었다.

"모르겠어."

강이화가 한숨을 내쉬었다.

"그래도 싫어할 수 없는 게 가족인 건가 봐. 그동안…… 오빠도 오빠 나름대로 열심히 살아오지 않았을까, 이해해 보려고."

강이화가 빙긋 웃으며 딸아이를 보았다.

"그때는, 어릴 땐 정말 오빠를 많이 원망했지만…… 지금
은 나, 자기랑 선희를 만나서 행복하니까."

"……그래."

"그래도 도깨비에 홀린 것 같은 기분은 여전하지만."

강이화가 쓴웃음을 지으며 집을 둘러보았다.

"만약 오빠가 여기 없었다면 자기가 무슨 사기를 당하는
중이라고 생각했을 거야. 아니 어떻게 사장이 초등학생……
초등학생 맞지?"

"어, 음. 아마도."

강이화가 고개를 휘휘 저었다.

"그래, 차라리 너무 황당해서라도 이 상황을 믿게 되더라.
뭐, 그 애도 참 똑똑해 보이기는 했지. 잘생기기도 했고."

강이화는 일부러 화제를 이성진으로 돌렸다.

"게다가, SJ컴퍼니랬나? 거기 삼광전자 자회사라면서?"

"응."

그런 건 오명태도 이성진의 말을 듣고서야 알았지만, 그는
지금껏 알고 있던 사실인 양 대답했다.

"그러면 자기가 이번에 취직한 회사는 삼광이랑 조광의 합
자회사? 라는 거잖아."

"그렇게 되겠지."

"그거 굉장한 거 아니야?"

아내의 말을 듣고 보니, 정말 그랬다.

'게다가 내가 그런 회사의 임원이라니.'

낙하산도 유분수지, 오명태는 하루아침에 너무 과중한 책무를 맡게 된 것은 아닌가 하는 걱정도 들었다.

'심지어 안기부는 그 J&S컴퍼니를 이용하려고 하는 중이고…….'

지금까지는 김철수의 계획대로 일이 척척 맞아떨어지고 있었으나, 오명태는 이번 일도 그렇게 잘 풀려 줄지 확신하기 힘들었다.

'안기부와 조광이 모종의 관계를 맺고 있었다는 건 알고 있었지만……. 그렇다는 건 삼광에도 안기부의 입김이 닿아 있었던 건가?'

생각해 보면 강이찬은 이성진의 운전기사라고 소개를 했고, 또 그것도 사실로 보이지만, 그는 동시에 안기부 요원이기도 했다(오명태는 아직 강이찬을 안기부 정식 요원이라고 착각하는 중이었다).

'그러면 이성진이란 꼬마는 강이찬이 안기부 요원인 걸 알고서 그러는 걸까, 아니면…….'

이런 자리를 만든 것부터가 그들이 부산 조폭들 사이에서 하는 일을 어느 정도 알고 있다는 방증이겠지만.

'범상치 않은 꼬마라고는 해도 아직 꼬마인데, 그런 일을 겪어 가면서도 아무렇지 않을 수 있는 건가?'

오명태의 생각이 길어지자 강이화가 그를 떠보았다.

"무슨 생각해?"

"응? 아니, 자기 말을 듣고 보니 그렇구나 싶어서."

"응. 그런데, 그 정도 회사면 뉴스에도 보도되고 그러지 않을까? 왠지 자기 회사를 한 번도 들어 보지 못한 거 같아서."

거기서 오명태는 김철수에게 들은 이야기를 그녀에게 전했다.

"그럴 거야. J&S컴퍼니는 오늘 조광 그룹 임시 주주총회에서 발표할 예정이거든."

오명태가 손목시계를 힐끗 쳐다보았다.

"아마 지금쯤이면 이미 끝났겠네."

하긴, 이 집에서 이성진을 만난 것부터가 주주총회가 끝났으니 그를 만날 수 있었던 거겠지만.

"어쩌면 오늘 저녁 경제뉴스에 나올지도 모르겠다."

"그렇구나. 그러면 자기는 일종의 초창기 멤버네?"

"그런 셈이지."

강이화가 장난기를 담아 오명태의 어깨를 툭하고 쳤다.

"오올, 우리 자기, 출세했네?"

"뭘, 그래 봐야 계약직인데."

"그러니까 잘리지 않게 열심히 해 주세요. 나는 이미 이 동네로 이사 올 생각으로 만반이니까."

"나도 그럴 생각이거든?"

말은 그렇게 했지만, 오명태는 내심 아내가 좋지 않은 기억만 가득한 창원을 망설임 없이 등지고 떠날 준비가 되어 있단 의미로도 들렸다.

그러고 있으려니 아파트에 벨 소리가 들리고, 거실에 있는 인터폰 화면이 떠올랐다.

화면 속에는 강이찬이 서 있었다.

"오빠다!"

강이화는 얼른 인터폰을 받았다.

"열려 있어. 들어와."

-그래.

현관문 열리는 소리가 들리며 강이찬이 모습을 드러냈다.

"늦었네."

"음, 선물이라도 사 와야 하지 않을까 해서."

그렇게 말하는 강이찬 손에는 선물용 주스 세트가 들려 있었다.

"오빠도 참. 여긴 아직 냉장고도 없고 컵도 없단 말이야. 센스가 없네."

"미안."

둘은 어느새 예전부터 그래 왔던 것처럼 가볍게 티격태격하고 있었다.

"그러니까 여자친구도……. 아, 애인 있어?"

"없어."

"왜, 회사에 좋은 사람 없었어?"

"……그런 생각은 해 보지 않았어."

방금 전만 하더라도 이대로 다시는 돌아오지 않을 거라느니 걱정하고 있었으면서.

그런 게 피가 이어진 가족이라는 걸까.

"정말. 그러면 자기야."

갑자기 표적이 자신을 향하자 딴생각에 잠겼던 오명태는 조금 당황하며 강이화의 말을 받았다.

"응? 왜?"

"나중에 자기 회사에서 참한 아가씨라도 한 사람 소개시켜 주면 되겠다. 그치?"

"……."

임원이 그러면 그건 일종의 갑질이 아닌가, 싶은데.

뭐, 그런 말을 하는 강이화도 오명태에게 그런 세심함을 진심으로 바라는 눈치는 아니었다.

"아 참, 선희야. 외삼촌한테 인사해야지?"

꼬마는 아직도 '외삼촌'이 낯설고 무서운지, 오명태의 등 뒤로 숨었다.

"얘도 참."

강이화가 쓴웃음을 지으며 강이찬을 보았다.

"지금은 낯을 가리지만 금방 친해질 거야."

"……그래?"

"응, 선희는 나를 많이 닮았거든."

강이화가 웃으며 덧붙였다.

"그러니까 분명 오빠를 좋아하게 될 거야."

강이화의 말에 강이찬은 빙그레 미소를 지었다가 표정을 굳혔다.

"그렇다니 걱정이군."

"뭐가?"

"너를 닮았다고 해서."

그 말이 의미하는 바를 잠시 생각하던 강이화가 속뜻을 깨닫곤 소리쳤다.

"야, 강이찬! 너 말 다 했어?"

"애 놀라겠다."

……강이찬 저 사람, 농담도 할 줄 아네.

몇 번 보지는 않았지만, 그간 진중하고 무거운 강이찬만 봐 왔던 오명태는 강이찬의 그런 모습이 무척 낯설게 느껴졌다(아마 이성진이 이 자리에 있었다면 그도 같은 심정이었을 것이다).

'저 가족에게 그런 비극이 닥치지 않았다면, 둘은 저런 평범하게 사이좋은 남매로 지내지 않았을까.'

다만 그러면서도 둘은 마치 그게 열어선 안 될 상자인 것처럼 '그동안 어떻게 지냈는지'를 물어보지는 않았다.

단순히 그럴 상황이 아니어서일지, 아니면 아직 그럴 마음의 준비가 되지 않은 것인지.

그래서 저 두 사람의 모습이 마치 과거에 머물러 있는 것처럼 보였다.

'시간이 해결해 주겠지.'

강이찬이 주방에 내장된 아일랜드 키친 조리대 겸 탁자에 들고 온 주스 병을 올려놓았다.

"그럼 나갈까?"

"어디?"

"가구 보러."

강이찬이 말을 이었다.

"TV나 냉장고 같은 건 사장님이 지원해 주신다고 했지만, 침대나 소파, 식탁 같은 건 있어야 하지 않겠냐."

강이찬의 말에 강이화가 배시시 웃으며 물었다.

"오빠가 사 주는 거야?"

"그럼."

강이찬은 망설임 없이 대답했다.

"너 결혼하는 데 보태 준 것도 없는데, 그 정도는 해야지."

"진짜? 방금은 농담이었는데……. 그럴 거 없어. 이제 이이도 돈 꽤 버는걸."

"신경 쓰지 마. 나도 모아 둔 돈은 꽤 있고……."

아마, 강이찬은 지금껏 벌어 온 돈을 쓰지 않고 차곡차곡 모아 두었을 것이라고 오명태는 생각했다.

"고마워."

강이화가 쑥스러워하며 강이찬의 제안을 받아들였다.

"그런데 정말로 괜찮아? 잘은 모르지만 오빠가 하는 일, 별로 많이 버는 직업은 아니잖아."

"음…… 그런가?"

별로 관심이 없어서 업계 평균을 추산해 보질 않았던 강이찬은 고개를 갸웃할 뿐이었다.

"오빠, 괜찮으면 혹시 얼마쯤 버는지 물어봐도 돼?"

"음."

강이찬은 자신의 월급을 공개했다.

"엑? 그렇게나 받아?"

"적은가?"

"많아! 그 액수면 그동안 우리 남편이 벌던 것보다 더 많거든?"

강이찬의 시선을 받은 오명태가 어깨를 으쓱였다.

"그렇습니다."

"……그런가."

매달 통장에 꽂히는 돈이 조금 많다고 생각은 했지만, 다른 운전기사가 돈을 얼마나 받는지 몰랐던(이태석의 전속 운전기사인 한익태와 안면은 있지만 서로 그런 이야기를 주고받을 정도로 깊은 사이는 아니었다) 강이찬은 그조차 이성진의 배려였음을 새삼 깨달았다.

'사장님도 그런 일로 생색을 내지 않았으니.'

강이화가 방긋방긋 웃으며 강이찬의 팔짱을 꼈다.

"그러면 오빠한테 이것저것 잔뜩 사 달라고 해야지. 어차피 오빠, 싱글이니까 돈 쓸데도 없었을 거 아니야?"

"……그렇다고 너무 많이는 말고."

물론 그 기쁨은 강이찬이 뒤늦은 혼수로 마련해 줄 가구 때문이 아닌, 그가 제대로 된 좋은 직장에 자리를 잡았다는 것에 기인할 것이다.

"그럼……. 매제?"

설마 강이찬에게 '매제'란 말을 들을 줄이야.

"예?"

오명태는 그 즉시 날아온 열쇠 꾸러미를 받았다.

"이 집 열쇠를 주는 걸 깜빡해서."

"아, 예."

"잘 챙겨 둬."

"예. ……형님."

이참에 형님이라고 불러 보았지만, 강이찬은 신경 쓰지 않았다.

"에이, 오빠도 참, 나중에 줘도 되는걸. 어차피 훔쳐 갈 것도 없잖아?"

"주스."

"……신경 안 써도 돼."

강이찬이 '그런가' 하고 중얼거리곤 오명태를 보았다.

"자네 차로 가지. 내가 타고 온 건 회사 차여서."

"예, 알겠습니다."

강이화는 화기애애한 분위기 속에서 조금 낯가림이 덜해진 딸의 손을 붙잡았다.

"그럼 나가자, 오빠."

"그래."

강이찬은 그들을 따라나서며 힐끗, 아일랜드 탁자에 덩그러니 놓인, 자신이 사 들고 온 주스 병을 보았다.

과거를 돌이킬 수는 없고, 과거에 남긴 행적은 끝까지 꼬리표가 되어 따라붙을 것이다.

하지만 그렇다고 해서 그걸 바로잡으려는 노력조차 하지 않는다면, 그조차 먼 미래에 자신을 옥죄는 족쇄로 남아 가슴을 짓누르게 되리라.

'나 하나는 어떻게 되건 상관없지만……. 이화의 가족만큼은 내가 지킬 수 있도록 해야지.'

나는 그 부근에서 택시를 타고 백하윤의 집으로 향했다.

물론 백하윤을 만나려고 가는 것이 아닌, 아직 그 집에 살고 있는 크리스에게 용건이 있었다.

'어제 녀석이 말한 1억도 챙겨 왔고.'

가방 속에 1억이라는 거액이 든 통장과 인감이 들어 있었지만, 초등학생이 든 가방에 관심을 기울이는 사람은 아무도 없었다.

택시에서 내린 뒤, 백하윤의 집 주소를 복기하며 그 집으로 향했다.

집 앞에 도착한 뒤, 나는 벨을 눌렀다.

"……."

기다렸지만 반응이 없어서, 나는 한 번 더 눌렀다.

이번에도 반응이 없다.

이번에는 연거푸 벨을 눌렀다.

'잠깐 어디 나갔나?'

크리스의 핸드폰으로 전화를 걸어 봐야겠다고 생각하는 찰나, 벌컥 문이 열렸다.

"왜 이렇게 시끄러?"

짜증 섞인 얼굴을 불쑥 들이민 크리스는 한성아가 1학년 때 입던 체육복 차림이었다.

"……혹시 자고 있었냐?"

"아니. 게임. 너 때문에 방금 죽었다."

크리스는 절찬리에 게임 폐인이 되는 길을 걷고 있는 듯했다.

그런데 게임에서 죽은 게 왜 내 잘못이람.

"아무튼 들어와."

나는 크리스의 뒤를 따라 백하윤 집으로 들어갔다.

크리스가 우리 집에 오는 건 이제 확정 사안이고, 나도 초등학교를 졸업하기 전까지 얼마 남지 않은 짧은 시간 동안 그녀와 한 지붕에서 지낼 예정이었다.

크리스는 '그렇게 되면 앞으론 이런 생활을 못 하게 될 테니' 등교도 하지 않고, 감시하는 어른도 없는 이 마지막 자유를 한껏 누리는 중이었다.

'그래 봐야 게임이나 하는 게 전부지만.'

크리스가 말하길, '이 시대에 이렇게 재밌는 게임이 많은 줄 몰랐다'던가.

나는 게임을 하지 않아서 잘은 모르지만, 이 시대에는 소위 '고전명작'이라 불리는 게임이 많았다는 건 전생의 누군가에게 들은 기억이 있었다.

'실제 지표도 그런 편이었고, 패킷몬스터처럼 근 미래까지 영향력을 끼치는 IP가 태동한 시기이기도 하지. 그래서 이쪽 방면에 투자도 많이 했고.'

그래서일까 늦게 배운 도둑질이 무섭다고, 크리스는 컴퓨터 게임 삼매경에 빠져 하루하루를 보냈다.

뭐, 본인 말로는 '바이올린 연습 하고 나서 하는 거'라고 했으나 그게 왠지 어린애 수준의 변명으로 들린 건 내 착각일까.

'정신연령도 몸을 따라가나?'

그렇게 말하면 나도 누워서 침 뱉기니 입 밖에 내지는 않겠지만.

그래도 어제 전화처럼, 크리스는 그런 바쁜(?) 나날을 보내는 와중에도 나름대로 이 상황에 대한 보험을 제시할 정도였다.

근 미래와 달리 모든 것이 실시간으로 재깍재깍 돌아가지만은 않는 시대다.

그래서 나는 크리스가 '제 할 일을 다 해 놓고' 긴 시간 무료함을 떼어 내지 못해 게임을 하는 것이라 이해해 주기로 했다.

"그래, 주주총회는 어땠냐?"

크리스가 냉장고를 열어 주스를 컵에 따랐다.

나한테 주려고 하는 건가, 싶었는데 크리스는 자신이 따른 주스를 홀라당 마셔 버렸다.

"나쁘지 않았어. 무난했지."

"뭐, 그럴 거야."

크리스는 예상한 결과라는 듯 담담한 반응이었다.

"어쨌건 기업은 사람들의 기대로 먹고사는 곳이니까. 더군다나 아직 인터넷을 어디다 쓰는지, 기껏해야 이메일을 보내는 것에 그치는 정도의 상상력이 전부인 시대에 그 정도 가능성을 보여 주었으면."

크리스가 픽 웃었다.

"투자를 하지 않고서는 몸이 못 배길걸. 혹시 투자용으로 조광 주식 가진 거 있으면, 내일 뱉어라. 반짝 인기를 끌어서 꽤 오를 테니까."

"뭐, 됐고. 그보다는 한 가지 물어보고 싶은 게 있는데."

크리스가 주스 컵을 싱크대로 가져가며 내 말을 받았다.

"나한테? 뭐냐?"

"혹시 이철희가 누군지, 아냐?"

"이철희?"

크리스는 물로 컵을 헹궈 엎어 놓은 뒤 나를 돌아보았다.

"그렇게 다짜고짜 말하면 내가 어떻게 알아? 이 나라에 동명이인이 얼마나 많은데. 당장 근방에서 이성진만 모아 둬도 수백 명은 모이겠다."

말을 해도 꼽을 주면서 하냐.

"조금 더 구체적으로는 이번에 조광 CEO가 된 인물이야. 그리고……."

나는 크리스에게 내가 알고 있는 이철희의 약력을 전했다.

"흠."

크리스가 턱을 긁적였다.

"전혀 모르겠군. 그런 사람이 갑자기 툭 튀어나왔다는 것도 이상하고……. 심지어 이사회 만장일치로 CEO에 선임?"

"그래."

"흐으으음."

크리스는 그 상태로 생각을 더 하다가 고개를 들었다.

"일단 방으로 가서 이야기하지."

크리스의 방으로 갔더니, 방금 전까지 게임을 하고 있었단 것은 사실로 보였다.

"적당히 앉아."

크리스는 그렇게 말하며 컴퓨터 앞 의자에 양반다리를 했고, 나는 다른 의자를 찾을 수 없어서 적당히 침대 모서리에 걸터앉았다.

"아무튼 여기서 생각해 볼 수 있는 건 두 가지야."

"두 가지?"

"음. 그렇다고 그 두 가지를 구분해서 생각할 필요는 없고……. 우선 첫째."

크리스가 손가락을 꼽았다.

"이철희는 어쩌면 야마구치구미에서 작심하고 키운 기업가일지도 모른다는 거야."

"야마구치구미면……."

"그래. 조세화의 외가 말이다. 어쩌면 그 일파의 윗대 쪽과 관련이 있을지도 모르고…… 어쨌거나 재일교포 출신이라는 점에서 혹시 그렇지 않을까 생각이 들었거든."

"편견이 심하군."

"……만장일치라잖아. 조광 이사회처럼 제 밥그릇 챙기는 일에 관심이 큰 노인네들이 굴러온 돌에 만장일치로 표를 주겠냐? 다들 어느 정도씩 걸쳐 있단 의미겠지."

크리스가 혀를 쯧 하고 찼다.

"게다가 이철희의 이력과 나이를 생각해 보면……. 사실 일본 버블 때 돈을 쓸어 담은 건 기업가들뿐만이 아니었거든."

"야쿠자들도 그랬다는 거냐?"

"그럼. 그때 일본은 미쳐 돌아갔다고들 하니까."

말하는 투로 보아, 크리스도 그 시대를 직접 겪어 본 뉘앙스는 아니었다.

'전생의 나이는 나랑 비슷하거나 아래일까?'

크리스가 말을 이었다.

"아무튼 그땐 돈을 갈퀴로 쓸어 담는 시대였지만, 그게 거품이라는 건 당시에도 이미 알 만한 사람들은 다 알고 있었어. 야쿠자들도 그 거품으로 벌어들인 돈을 세탁하거나 가공할 필요가 있었을 거고, 그러니 그 시점에서도 '투자'를 해서 번듯한 기업가 한 명을 만들어 낼 필요가 생겼겠지. 가난하지만 똑똑한 학생에게 학비를 대 주는 뭐, 그런 거 있잖아?"

"……장학재단 개념이냐?"

"그렇게도 볼 수 있겠군. 일반적인 장학금보다 조금 더 구속력이 직접적이고 명확하다는 걸 제외하면."

크리스의 말을 듣고 보니, 조직이 커 가는 어느 시점에 이르면 그런 역할을 해 줄 먹물이 하나쯤 필요해진다는 걸 들은 기억이 났다.

'특히 일본은 버블 기간이 꽤 길었고…… 해외 기업도 마구 사들이던 시대이니 국제 협상 전문가도 쓸 수 있겠어.'

거기에는 어느 정도 편견이 있다는 건 감안해야겠지만, 그러지 않고서야 '만장일치'가 나오지는 않을 거란 크리스의 말은 꽤 일리가 있었다.

'그래서 이사회는 그를 만장일치로 선출해 놓고도 은근히 견제한 건가.'

그런 이중적인 모습도, 크리스의 말에 대입해 보면 얼추 맞아떨어진다.

'어쨌거나 조광은 야쿠자, 특히 야마구치구미 측과는 떼려야 뗄 수 없는 사이이니까. 특히나 이사회 영감들은 그런 속사정을 잘 알고 있었겠지.'

그러니 어쩌면 이번 기회에 이사회는 외세(?)의 침략에 맞서 똘똘 뭉치게 될지도 모른다.

어느 쪽이 싸워 이기건, 언젠가 어부지리를 노릴 수 있도록 양패구상을 해 준다면 더할 나위 없겠다.

"그럴듯하군. 그게 아니면 시간과 인맥이 부족한 조광 그룹 이사회가 그런 인물을 섭외해 올 수 있었을 리가 없으니까."

내 맞장구에 크리스가 픽 웃었다.

"그런 건 이철희가 제 발로 찾아갔다 하더라도 마찬가지지. 놈들은 우…… 너희 할아버지가 CEO를 하겠다고 해도 이런저런 구실을 들어 가며 기각했을걸?"

조세화랑 내가 이미 그런 제안을 던진 적이 있다는 건 모르나 본데.

'물론 당시 이휘철도 조세화의 제안을 거절하기는 했지만, 크리스까지 저러는 걸 보면…… 그 말대로 되었겠군.'

뭐, 그 이휘철이니 정말로 그럴 생각이 있다면 나름대로 수단을 강구했을 것 같긴 하다만.

이번에는 이휘철에게 딱히 그러고 싶은 마음이 들지 않았을 뿐이리라.

"둘째는?"

"응?"

"방금이 첫째잖아. 그러면 두 번째 생각도 있는 거 아니야?"

"아, 그거."

크리스가 머리를 긁적였다.

"아니. 나도 생각은 했지만, 별로 의미 없는 가설 같아서. 어차피 첫 번째로도 충분하지 않냐?"

얘가, 사람이 말을 꺼냈으면 끝까지 해야지. 자고로 사람을 가장 열받게 만드는 두 번째 이유는 하려던 말을 다 안 하는 거고, 첫 번째는…….

"말해 봐. 어차피 우리끼리잖아?"

"흠."

크리스가 콧김으로 한숨을 내쉬었다.

"좋아, 둘째는…… 그 또한 전생자는 아닌가, 하는 거야."

"……엥?"

"그래서 말을 안 하려고 한 건데."

크리스가 어깨를 으쓱였다.

"뭐, 듣기에는 어처구니가 없을지 몰라도, 생각해 보면 이미 너나 나라는 케이스가 있는 마당인데. 지구상에 우리 말고 또 다른 전생자가 있을 거라는 생각 정도는 할 수 있잖아?"

"……."

"게다가 너나 나도 모르는 생면부지의 사람인데. 이 시대에 그 정도 커리어면 뭘 해도 했을 사람이지 않냐? 그런데도 너나 내가 전생에 그 이름을 들어 보지 못했다는 건 나름의 이유가 있다고 봐."

그 점은 맹점이었다.

그건 이철희가 나나 크리스처럼 '전생자'일지도 모른다는 점이 아니라.

'우리 말고도 다른 전생자가 있다?'

내 생각을 일깨운 건 그 지점, 그 부분이었다.

사실, 크리스가 내게 처음으로 자신이 전생자임을 커밍아웃했을 때, 나는 '올 것이 왔다'는 것보다 놀람이 더 컸다.

반면 처음부터 내가 전생의 이성진과 다른 인물임을 알고 있던 크리스는 나와 달리 우리 외에 또 다른 전생자의 가능성을 어렵지 않게 떠올릴 수 있었던 것이리라.

'하지만.'

그런 것치고 세상은, 나에 의한 변화 외에 다른 변화는 찾아볼 수가 없다.

'……자의식과잉인가?'

어쩌면 내가 모르는 곳에서는 나와 무관한 일로 조금씩, 차근차근 변화가 이루어지고 있을지 모른다.

'하지만 그렇다면—설령 이철희가 아니더라도—그 존재는 내가 사실은 이성진이 아니거나, 전생자라는 걸 알고 있었다는 거잖아?'

거기까지 떠올리니 머릿속에 피가 싹 식는 기분이 들었다.

그런 나를 물끄러미 보던 크리스가 툭 하고 말했다.

"대강 무슨 생각을 하는 건지는 알 거 같은데……. 별로 신경 안 써도 되지 않을까?"

"뭐?"

"방금 내가 '그럴지도 모른다'는 식의 뉘앙스로 말을 한 건, 뒤집어 말하면 '아닐 수도 있다'는 것이기도 해. 뭐, 우리 말고 전생자가 있을 수도 있겠지. 그 존재에게 네가 전생자라는 걸 들켰을 수도 있어. 하지만 그렇다고 모든 전생자가 세상에 유의미한 변화를 가할 수 있을 거라는 생각이 들지는 않거든."

크리스가 턱을 긁적였다.

"당장 나만 하더라도……. 지금은 상황이 많이 달라졌지만, 내가 할렘가에서 눈을 떴을 때만 하더라도 '×됐다'는 생각밖에 안 들었으니까. 미래에 무슨 일이 터질지, 뭐가 돈이 되는지를 알아도 그걸 실행할 시드머니가 없으면 말짱 황이 잖아? 또, 설령 그걸 안다고 하더라도 보통은 그게 전부야. 부동산, 주식, 좀 더 먼 미래에는 가상화폐로 돈을 버는 거? 그거 말고는 세상에 무슨 영향을 끼칠 수 있을까?"

크리스가 씩 웃으며 나를 보았다.

"그러니 그래 봐야 어디까지나 일신상의 조그마한 영위, 행복은 누릴 수 있을지언정 보통은 세상에 영향을 끼칠 수 없어. 그래, 보통은 그 이상의 일을 해내려 할 때 자신의 그릇이 이를 감당하지 못하고 부서지고 말지."

"그게 아니면?"

내가 물었다.

"만약 우리 말고 다른 전생자가 있으며, 그가 그 이상을 감당할 수 있는 그릇이라면?"

"뭐."

크리스가 어깨를 으쓱였다.

"그러고도 아직 안 들킨 걸 보면, 너랑 달리 무척 신중한 성격이겠군. 네 동료가 되면 큰 도움이 되어 줄 수도 있겠지만, 네 적이 된다면…… 곤란하지 않겠어?"

"……."

"뭐, 그렇다고는 해도, 전생의 네가 누군지도 모를 텐데 굳이 너를 적으로 돌릴 이유는 없겠지. 상대 입장에서도 너를 적으로 돌리게 되면 꽤 곤란해지지 않겠냐?"

크리스가 피식 웃었다.

"대한민국에서 삼광 그룹 장손이라는 신분은 그런 거잖아."

"……."

나는 크리스가 남의 속도 모르고 그런 말을 잘도 지껄이는 구나 생각했다.

'이건 말을 하지 않은 내 잘못도 있겠지만.'

크리스는 전생의 이성진이 어떤 죽음을 맞이했는지, 아직 모른다.

'내가 경계하는 건, 그 전생자가 내 적이 될지도 모른다는 그 상황이야.'

그래, 나로 하여금 이성진의 머리에 방아쇠를 당기도록 종용한 그 존재.

조세화는 약속 시간에 맞춰 방을 나선 뒤 호텔 로비로 향했다.

꽤 오래 투숙을 하고 있어서인지는 몰라도 어느새 이름과 얼굴을 익힌 종업원의 숫자가 늘어나면서부터 호텔은 집처럼 편안해졌다.

'집보다 호텔이 더 편해서 어떡한담.'

물론 그동안 구실로 삼고 있던 이번 일도 마쳤고, 기자들의 관심도 식어 가고 있었으니—설령 다시 불붙기 시작하더라도 그건 조설훈의 죽음과 관련한 일은 아닐 것이다—이제긴 외박을 마치고 슬슬 집으로 돌아가 봐야 할 때였다.

'유학 때까지는 못 버티겠지.'

그런 조세화도 슬슬 호텔 생활을 정리하고 집으로 돌아가유학을 준비할 때라는 건 알고 있었으나, 이런저런 이유 때문인지 그럴 생각이 들지 않는 것이 솔직한 심정이었다.

조세화가 집에 돌아가지 않으려는 건 그 넓은 집에 어머니와 단둘이 있는 것이 내키지 않아서였다.

조세화와 모친 사이는 좋다고는 볼 수 없었다. 그렇다고서로 못 잡아먹어 안달일 정도로 험악한 것은 아니었고, 필요하면 대화를 나눌 때도 있으며, 서로가 각자에 대한 의무는 다 하는 사이였다.

하지만 거기에 애정은 없었다.

조세화가 그것이 당연하지 않은 것임을 깨달은 건 친구네집에서, 그리고 TV며 만화 등에서 부모 자식 간의 관계를 보고 나서였다.

그래서 한동안은 조세화도 모친이 조세화 자신과 달리 의붓아들인 조세광을 의식해서 그렇게 하는 것인가, 하고 생각했으나 그보다 더 머리가 굵어지고 나서부턴 강미자는 단순히(?) 모성애라는 것이 없는 사람이라는 걸 알게 되었다.

뭐, 그렇다고 하더라도 조세화는 상관하지 않았다.

처음부터 있었던 거라면 모를까, 조세화에게는 그게 평범한 일이었고, 부친이며 모친을 대신해 애정을 쏟아 주는 조부가 있었으니까.

그래도 한 번씩—일반적으로— '화목한 가정'에서 사는 건 어떤 느낌일지 궁금한 적은 있었다—심지어 조세화는 얼마 전 이성진의 집에 갔을 때 그런 화목한 가정의 일부를 엿본 기분이었다. 그때 조세화는 자신이 그런 가정을 동경하고 있었다는 걸 깨닫고는 화들짝 놀랐다—.

그래서일까, 아니면 조부의 죽음 이후 시간이 지나 텅 빈 공허 속에 외로움이란 감정이 가슴 한구석을 채워 나가기라도 한 것일까.

조세화는 자신의 가정이 일반적인 경우와 다른 이유가, 그 원인이 다른 곳에 있지 않을까 생각했다.

그러니 다른 때 그 사진을 발견했다면, 기자들로 인해 집을 떠나오지 않았더라면, 조세화도 자신이 이렇게까지 움직일 거란 생각이 들지 않았다.

그리고 유상훈에게 사진 속 주인공을 찾아 달라는 의뢰를 한 뒤부터 조세화는 무의식중에 평소 이상으로 모친과 거리를 두려 하고 있었다.

만약 자신이 찾는 진실이 거기에 있다면? 그리고 줄곧 생각해 온 '어떤 느낌'이 그대로 들어맞는다면?

조세화는 그녀 자신이 그런 진실을 감당할 수 있을지 몰라 방어기제를 펼치는 중이었던 것이다.

그래도 오늘은 많은 일이 있었으니까, 오늘은 넘기고 어떡할지는 내일부터 생각할까, 하고 생각하는 찰나.

"조세화 씨?"

조세화는 자신을 부르는 점잖은 목소리에 고개를 돌렸다.

"안녕하세요."

"예, 안녕하세요."

이철희는 예의 바르게 조세화의 인사를 받았다.

"예정보다 일찍 도착했는데, 먼저 와 계실 줄은 몰랐습니다."

"네…… 뭐."

조세화는 자신이 지금 호텔에 머물고 있으며, 엘리베이터만 타고 내려오면 그만이라는 말은 하지 않았다.

상대에게 불필요한 정보를 떠넘길 필요는 없는 것이다.

이철희가 손목시계를 힐끗 쳐다보았다.

"조금 이릅니다만, 괜찮겠죠. 여기서 이럴 게 아니라 식당으로 가실까요?"

"저는 상관없어요."

"그러면 가시죠."

이철희가 앞장서서 걸었다.

방송에 맞춰 리뉴얼 오픈한 한식당 앞은 호텔 내부 레스토랑답지 않게 입구부터 줄을 서서 인산인해였는데, 아무래도 어제 방송으로 나간 〈먼나라 이웃사촌〉의 영향인 듯했다.

이철희가 그 모습을 지켜보며 조세화에게 말했다.

"저 식당이 어제 방송한 〈먼나라 이웃사촌〉이라는 프로그램에 협조했다더니, 영향력이 대단한 것 같군요."

"보셨어요?"

"예. 조광 그룹의 선대 회장님 저택을 배경으로 한다고 들었거든요. 일부러 시간을 냈습니다."

그도 대중 앞에 첫선을 보이는 오늘을 준비하려면 어제 바빴을 텐데, 그 와중에도 짬을 내어 방송을 본 듯했다.

"조세화 씨는요?"

"저는 아직 못 봤어요."

"그러셨군요. 언제 기회가 될 때 한번 보시죠. 화면이 잘 나왔습니다."

이철희가 빙긋 웃었다.

"조세화 씨는 장여옥에게 대접한 메뉴를 드셔 보셨습니까?"

"네."

"부럽군요. 아마 한동안 예약이 꽉 차 있을 거 같으니, 제가 신화호텔 한식당에 가기까지 조금 시간이 오래 걸릴 듯합니다."

그렇게 말하며 이철희는 꽤 호방하게 웃었다.

"그러니 오늘은 일식당으로 참죠. 아 참, 식당에서는 제가 이런 말을 한 건 비밀로 해 주십시오."

"네."

사석에서는 꽤 유머러스한—그 유머감각이 취향은 아니지만—사람인 걸까, 조세화는 속으로 생각했다.

'그러면서 실제로 먹어 보니 어땠는지 구체적으로 물어보지는 않는 걸 보면, 진심으로 관심이 있어서는 아니야.'

그럼에도 그가 이런 이야기를 꺼낸 건, 어제 송출된 방송이 조광에게, 나아가 조세화가 세우려는 합자회사에 어떤 의의가 있는지 알고 있다는 걸 암시하기 위함이리라.

'이런 자리까지 거저 올라온 사람은 아니란 거겠지.'

일식당 종업원은 예약자를 확인한 뒤, 그들을 좁고 긴 복도 끄트머리 안쪽 방으로 안내했다.

"여기서 식사를 해 본 적은 없지만, 꽤 평판이 좋더군요."

이철희가 자리에 앉으며 한 말에 조세화가 고개를 끄덕였다.

"그런 편이에요. 신화호텔 식당은 음식을 평균적으로 잘하니까요."

"여기도 와 보신 모양이군요."

"네, 좀 오래됐지만요."

이철희가 빙긋 웃었다.

"그러셨군요. 사실, 저는 청년 시절까지 일본에서 보냈지만, 집이 가난해서 이런 고급 식당은 좀처럼 와 보질 못했습니다."

"……자수성가하셨군요."

"예. 덕분에요."

덕분에?

서로가 가면을 쓴 채로 이야기를 주고받고는 있으나, 그런 표현은 빈말로 할 말이 아니다.

이철희가 말을 이었다.

"조세화 씨 외가에서 많이 도와주셨거든요."

외가.

조세화는 그간 자신의 외가에 대해 어렴풋한 정도로만 알고 있었다.

아니 정확히는 일부러 알고자 하지 않았다.

친가부터가 이미 조폭 집안입네 하는 구설수에 오르는 곳이었던 데다가, 그런 악평을 어느 정도 받아들이고 사는 조세화 할지라도 외가마저 그럴 거라고는 생각하고 싶지 않았던 것이다.

하지만 조성광의 서재에서 사진을 발견한 그 순간부터 본격적으로, 어쩌면 자신의 외가가 평범한 곳이 아닐지도 모른다는 생각을 품기 시작했고, 유상훈에게 의뢰한 일은 그 연장선이었다.

　그런 만큼 조세화도 조금씩 마음의 준비를 갖춰 가고 있었지만, 그렇다고 해서 이철희에게 자신의 외가 이야기를 듣는 걸 예상한 적은 없었다.

　"외가……에서요?"

　"예. 정확히는 조세화 씨의 외조부님께 큰 도움을 받았죠."

　외조부.

　살면서 얼굴 한 번 본 적 없던, 그리고 모친도 입에 담은 적 없는 존재였다.

　'나한테 외할아버지가 있었구나.'

　조세화는 자신도 놀랄 만큼 담담하게 이철희의 말을 받았다.

　"말씀해 주신 건 감사하지만 그건 저와 무관한 일이라고 생각합니다."

　"예."

　그러면서 조세화는 여간해서는 생각하지 않으려 했던 자신의 외가에 대해, 새삼 떠올리고 있었다.

　'그렇다는 건, 눈앞의 이철희가 이사회의 만장일치로 선출된 것도 외가의 영향?'

　불편한 냄새가 났다.

　"혹시 오늘은 그 이야기를 하려고 저를 만나고자 하신 건가요?"

"아닙니다."

이철희는 일부러 그러는 것처럼 잠시 뜸을 들였고, 드르륵 미닫이문이 열리며 종업원이 음식을 내왔다.

"감사합니다."

이철희는 종업원을 배웅한 뒤, 표정을 고쳐 말을 이었다.

"실은 조세화 씨가 혹시라도 조광 경영에 관심이 있으신 가, 여쭤보려고요."

"……."

조세화는 순간적으로 그가 적인지 아군인지 분간이 가질 않는다는 생각을 했다.

그래, 무해하거나 무관한 사람이 아닌, 적과 아군, 이분법 적 구조로 구분되는 존재.

그는 단순한 허수아비 CEO가 되고자 조광에 들어온 것이 아니었다.

조세화는 이철희를 살피며 신중하게 대답했다.

"언젠가는 하게 될지도 모르죠. 하지만 지금은 아니에요."

"그러면 한동안은 J&S컴퍼니 경영에만 매진하실 예정입니 까?"

아직 J&S컴퍼니의 결의 인주가 마르기도 전인데, 그는 통 과를 전제로 이야기를 꺼냈다.

"……예."

"알겠습니다. 그러면 그렇게 알죠. 아, 먼저 드셔도 됩니다."

조세화는 그가 무슨 꿍꿍이로 그런 걸 물어본 건지 궁금했다.

'그냥 물어본 느낌은 아닌데.'

조세화가 그걸 물어보려 입을 떼려는 찰나.

"실례할게요."

드르륵, 미닫이문이 열리며 강미자가 모습을 드러냈다.

"어, 엄마?"

여기서 엄마가 왜?

당황하는 조세화와 달리, 이철희는 그녀가 여기에 올 걸 기다리고 있었다는 듯 자리에서 일어나 인사했다.

"오셨습니까."

"조금 늦었나 보군요."

"아닙니다."

강미자는 이철희와 존대를 주고받고 있었지만, 조세화는 어딘지 모르게 강미자가 연상인 이철희에게 일방적인 하대를 하고 있다는 생각을 했다.

"아가씨, 히레사케 있어요?"

"네."

"그거 하나."

"네, 알겠습니다."

그래, 지금 종업원과 나눈 대화처럼.

강미자는 그렇게 말하고 종업원을 돌려보낸 뒤 조세화의

옆에 앉았다.

"혹시 저 기다리느라 요리에 손도 안 댄 건 아니죠?"

"아닙니다. 요리도 이제 막 나왔거든요."

"그런 거 같네요."

둘은 구면인 듯했다.

조세화는 그제야 제정신을 차리고 강미자를 보았다.

"엄마가 여기는 어쩐 일이야?"

"응? 왜긴, 밥 먹으러 왔지."

"……."

"겸사겸사 이철희 씨랑 인사라도 하라고 이 자리를 만들었어. 오늘 임시 주주총회 때 보기는 했겠지만, 그걸로 끝낼 건 아니잖니?"

그렇다는 건 엄마(강미자)가 이 자리를 만들었다는 걸까? 그리고 이철희는 그 말을 따라 이 자리에 나온 거고?

"그러면 먼저 먹으렴. 나는 이철희 씨랑 잠시 이야기 좀 할 테니까."

혼란스러워하는 조세화를 내버려 두고 강미자가 이철희를 보았다.

"오늘 주주총회는 어땠어요?"

"예, 보고드린 대로 무난했습니다."

"그렇군요. 따로 만나고자 한 사람은 없었고?"

"없었습니다. 아직은요."

"흐음. 광금후 정도는 움직일 줄 알았더니, 얌전하네요."

"예. 소문을 들었는지 광금후에게 접근하는 사람도 딱히 없었습니다."

조세화는 잠자코 두 사람 사이에서 오가는 이야기를 들으며 끼어들 타이밍을 찾았지만, 하나같이 묵직한 내용이어서 끼어들 때를 찾지 못했다.

'광금후가 언급되고 있어?'

그렇다는 건, 엄마는 사실 광금후가 어떻다는 것도 알고 있는 걸까.

그보다, 이철희를 회사로 데려온 것도 엄마였던 걸까?

강미자는 빙긋 웃으며 조세화를 보았다.

"먼저 먹으래도 먹질 않네. 왜, 할 말이라도 있니?"

있다. 잔뜩.

"엄마, 혹시 이철희 CEO님이랑……."

조세화는 신중하게 말을 골랐다.

"……아는 사이야?"

신중하게 말을 골랐지만, 지금 물어볼 것이란 그런 것밖에 없었다.

"그래."

강미자는 조세화의 질문을 부정하지도, 말을 에두르지도 않으며 담백하게 대답했다.

"안 지 꽤 오래됐지. 어디 보자, 그게 언제였죠?"

강미자의 시선을 받은 이철희가 대신 답했다.

"아가씨를 처음 뵌 지 햇수로 20년가량이 지났습니다."

"응, 그쯤 되겠다. 왜, 그게 궁금했니?"

조세화는 강미자의 말을 어떻게 해석해야 할지 몰라 난처해졌다.

'심지어 아가씨, 라니. 이래선 마치 예전부터 상하 관계가 있었던 것 같잖아.'

조세화의 머릿속에 이철희가 했던 말을 떠올렸다.

「조세화 씨 외가에서 많이 도와주셨거든요.」

즉, 이철희는 오래전 자신의 외가에 은혜를 입은 뒤부터 지금까지 관계를 이어 오고 있었단 의미이리라.

'어쩌면 아빠랑 알고 지낸 것보다 더 오래된 사이일지도 모르겠어.'

하지만 그렇다고 해서 둘 사이에 그 어떤, 남녀 관계의 흔적은 보이질 않았고, 그런 것보다는 고용인과 피고용인 사이의 사무적인 느낌이 더 짙었다.

"그러면……."

마침 미닫이문이 열리며 종업원이 강미자가 주문한 히레사케(따뜻하게 데운 정종에 구운 복어껍질이 들어간 술 요리)가 도착해, 조세화는 잠시 종업원이 나가길 기다렸다가 말을 이었다.

"그러면 이철희 CEO님이 그룹 이사회를 통해 선출되신 것도 엄마가 추천한 거야?"

"응, 맞아. 내가 추천했지."

강미자는 히레사케를 후후 불어 후룩, 한 모금 마시고는 술잔을 내려놓았다.

"그래서 요즘 꽤 바빴지 뭐야. 아, 세화 너는 집에 들어오질 않아서 몰랐겠구나."

바빴다.

그 말에서 조세화는 자신이 요 며칠 임시 주주총회에 결의할 자료를 만드는 동안, 강미자가 이사회 임원들을 만나며 로비를 해 왔음을 알게 되었다.

그리고 조세화는 강미자의 말을 들으며 그녀가 지금껏 자신이 알고 있던 모친이 맞는지, 위화감을 느꼈다.

'내가 알던 엄마가 맞아?'

물론 눈앞의 강미자는 조세화가 아는 본인이 틀림없기는 하지만, 그녀가 이토록 정력적으로 외부 활동을 행할 줄은, 심지어 그런 역량까지 갖추고 있는 것이 조세화에게는 무척 낯설었다.

그동안 강미자는 좋게 말하면 평범한 가정주부였고, 조금 솔직해지자면 그 평범한 가정주부 역할에도 소홀했으니까(물론 자질구레한 집안일은 고용인들을 시켰지만).

'아빠는 엄마가 이런 사람이라는 걸 알고 있었을까?'

강미자는 조세화가 자신으로부터 모종의 위화감을 느끼는 중인 걸 아는지 모르는지 담담히 말을 이었다.

"그러니 앞으로 도움이 필요하면 여기 있는 이철희 씨에게 의지하렴. 그러면 물심양면으로 도와줄 테니까. 그렇죠?"

이철희가 고개를 끄덕였다.

"물론입니다."

조세화는 입을 일자로 꾹 다물었다가, 힘겹게 입을 뗐다.

"그런 거라면 나한테 미리 말해 줘도 됐던 거 아니야?"

원래 의도로는 힐난을 하려고 했던 조세화는 자신이 말하고도 응석을 부리듯 투정을 뱉고 만 것에 조금 놀라 얼른 덧붙였다.

"내가 그동안 얼마나 힘들었는데."

아차, 이번에도 응석을 부리는 것 같은 말이 나와 버렸다.

강미자는 픽 웃었다.

"애는. 어차피 엄마가 그런 걸 이야기해 줬어도 너는 그랬을 거면서. 그런 의미에서 참 잘해 줬어."

"……."

엄마의 칭찬을 들어 본 게 얼마 만이더라.

그렇다 하더라도 강미자의 손바닥 위에서 놀아난 기분인 조세화는 강미자의 말에 기뻐하기 힘들었다.

"뭐, 그렇다고는 하더라도."

강미자가 조금 사무적인 어조로 말을 이었다.

"조광 그룹의 경영이 이사회의 손에 좌지우지될 거라는 건 변하지 않지. 이철희 씨가 CEO로 있는 건 어디까지나 계단을 하나 오른 것에 불과해."

"말씀대로입니다."

이철희가 강미자의 말을 받았다.

그러면서 이철희는 이사회에 속한 각 임원의 성향이며 그들이 보유한 기업의 자금 유동 현황 등을 줄줄 읊었다.

조세화도 그 이야기를 따라갈 수는 있었으나, 왠지 대화에 낄 형편이 되질 않아서 마치 꿔다 논 보릿자루가 되고 만 기분을 느꼈다.

'왠지, 마치 나더러 엄마랑 이철희 씨의 재량을 보고 납득하라는 것처럼.'

이철희의 브리핑이 끝나길 기다린 강미자가 고개를 끄덕였다.

"그러면 한동안 추이를 지켜봐야겠군요."

"예. 최소한…… 1년 정도는."

"신중하게 움직이지 않으면 그들이 연합할지도 모르고요."

"예. 저는 그사이 조광 그룹 본사의 영향력을 확장하는 데 집중하겠습니다."

그러면서 이 자리에 자신을 앉혀 둔 걸 보면, 조세화 자신을 이번 일에서 빼놓을 의사는 없는 것 같지만.

'대체 뭐가 어떻게 돌아가는 거야?'

코로 들어가는지 입으로 들어가는지 모를 식사를 마치고, 조세화는 도깨비에 홀린 기분으로 일식당을 나섰다.

"그러면 다음에 뵙겠습니다."

"그래요. 수고하세요."

이철희는 강미화에게 깍듯이 인사를 한 뒤, 조세화를 보았다.

"이만 실례하겠습니다."

"아, 네. 조심히 들어가세요."

그렇게 이철희를 보내고, 조세화는 기다렸다는 듯 강미자의 팔을 붙잡았다.

"엄마, 어떻게 된 거야?"

"응? 뭐가?"

"아니, 방금 전에……."

"얘는."

강미자는 부드럽게 웃었다.

"왜, 놀랐니?"

"으응."

여러 의미로.

"여기서 이럴 게 아니라."

조세화가 뒤이어 무언가를 말하기 전, 강미자가 먼저 말을 이었다.

"여기 호텔에서 지낸다면서? 어떤지 구경 좀 해도 될까?"

"에엑, 거기 엉망인데."

"세화 네가 방을 엉망으로 쓰는 것쯤은 엄마도 알아."

그도 그러네.

이성진과는 달리 그녀와는 새삼 내외를 할 사이도 아닌 것이다.

"응, 알았어."

조세화는 강미자의 손을 잡고 그녀가 머무는 객실로 향했다. 엘리베이터에 올라타 둘만 남게 되자, 조세화가 불쑥 말을 꺼냈다.

"엄마가 사업에 관심이 있는 줄은 몰랐어."

"없어, 지금도."

강미자가 조금 차갑게 대답했고, 조세화는 그 대답에 움찔했다. 강미자는 자신의 팔을 붙잡은 조세화의 긴장과 불안을 감지했는지, 자신의 팔을 붙잡고 있던 조세화의 손을 부드럽게 쓸어 주었다.

"저번에 엄마가 말 안 했니? 외할아버지가 사업하시는 거."

"……몰라."

강미자는 외가댁에 대한 이야기를 거의 하지 않았다.

조세화라고 해서 자신의 뿌리가 궁금하지 않은 것은 아니었으나, 자신이 속한 조광이 실은 어떤 곳인가를 어렴풋이

알고 나서부터는 일부러 알아보려 하지 않았고, 그 의도적인
외면은 외가에도 향했던 것이다.

"그랬구나."

강미자가 미소를 지었다.

엘리베이터가 멈추고, 강미자를 객실로 안내한 조세화가
카드키를 꺼내 방문을 열었다.

"여기야."

"으음."

강미자가 객실 내부를 둘러보며 고개를 끄덕였다.

"좋네. 꽤 비싸겠는걸."

"아, 그건…… 대표님이 배려해 주셔서."

"대표님이면 이 호텔 대표님?"

"응, 성진이네 당고모래."

"그렇구나. 언제 한번 인사라도 드려야 할 거 같네."

"에이, 그럴 거 없어."

"그래도 뵙게 되면 감사했다고 전해 드리렴."

"응."

강미자는 드링크바에서 생수를 꺼내 한 모금 마신 뒤, 의
자에 앉았다.

"앉으렴. 그런데 어디까지 이야기했더라?"

"어어, 음."

조세화가 대답했다.

"외할아버지가 사업을 하신다는 거?"

"맞아, 그랬지."

강미자가 고개를 끄덕였다.

"네 외할아버지는 일본에서 사업을 하시거든. 이철희 씨랑은 그때 일본에서 알게 된 사이고."

"어……. 응, 그건 아까 이철희 씨에게 들었어. 엄마가 오기 전에."

"응."

강미자가 고개를 끄덕였다.

조세화는 그런 강미자의 눈치를 살피며 조심스럽게 물었다.

"그러면 이철희 씨를 CEO에 선임할 수 있도록 엄마가 외가에 연락한 거야?"

"그래."

강미자가 긍정했다.

"지금 상황에서는 엄마라도 나서서 뭘 해야 할 거 같아서. 세화 너까지 이렇게 고군분투하는데, 엄마가 되어서 아무것도 안 할 수도 없잖니?"

강미자의 말을 들으며 조세화는 그 말에 납득을 하면서도 다른 한편으론 그런 그녀가 여전히 낯설었다.

"그래도 엄마, 예전까지는 전혀 그런 거, 없었잖아."

"그랬지. 그때까진 네 아빠가 뭐든 다 알아서 다 했으니까."

"으응."

조설훈이 언급되자 조세화는 조금 복잡한 기분이 들었지만, 하긴, 이번 일은 따지고 보면 '외가'에서 사업에 개입한 일이다.

만약 조설훈이 살아 있었다면 그 성격에 외가(사돈)를 내치면 내쳤지, 그럴 필요가 없는데도 외가를 끌어들이려는 생각은 하지 않았으리라.

"그래도 조금 놀라긴 했어."

"실은 엄마도 살짝 언질을 줄까 싶었지만, 세화가 워낙 열심이어서."

"응."

"뭐어."

강미자가 말을 이었다.

"아까도 말했듯 전부 해결된 건 아니지만, 그것도 이제는 일단락됐으니까 괜찮아."

"응."

"그러니 세화도 이제 나이에 걸맞게 학창 시절을 즐기렴."

얼핏 들으면 자상한 어머니의 위로로 들렸겠지만, 강미자의 태도에 줄곧 위화감을 느끼던 조세화는 그 말에 멈칫했다.

'지금 뭐라고?'

강미자도 피가 이어진 모친이니 남은 아니지만, 조세화는 지금 그녀의 뉘앙스에서 그녀가, 그리고 외가가 조광 그룹을 집어삼킬 것 같다는 불길한 예감이 든 것이다.

조광은, 조 씨 집안의 것이다.

조세화가 홱 고개를 들었다.
"엄마!"
"왜?"
하지만 조세화는 강미자의 얼굴을 보자마자 차마 아까 전까지 생각한 내용을 말하지 못했고, 입에서 나온 건 소극적인 말투였다.
"하, 하지만 나는 이미 성진이랑 사업을 하기로 했는데……."
"아, 그거."
강미자가 조세화의 말을 받았다.
"들으니까, 그건 어차피 그 이성진이란 애가 관리하기로 했다면서?"
"……성진이, 알아?"
"아니."
강미자는 눈 하나 깜짝하지 않고 거짓말을 했다.
"그런 애가 있다는 이야기는 들었단 거지. 엄마가 걔랑 만날 일이 뭐가 있겠니?"
하긴, 그것도 그런가.

그 말에 일견 납득하면서도 조세화는 단호하게 말했다.

"하지만 아무리 그래도 성진이한테 전부 맡겨 둘 수만은 없어. 게다가 지분은 내가 더 많은걸."

"응, 그래야 조광 그룹의 도움을 받을 수 있을 테니까. 그래, 성진이 걔, 언제 한번 집으로 데리고 오렴. 맛있는 거 해 줄게."

"엄마."

조세화가 물러설 기미를 보이지 않자 강미자가 미소를 거두었다.

"이만하면 됐잖니?"

"……"

"세화 너는 아직 어려. 그러니 사업 같은 건 어른들에게 맡기고 너도 이제 집으로 들어오렴."

강미자가 주위를 둘러본 뒤 말을 이었다.

"집도 멀쩡히 있는데 여자애 혼자 호텔에서 머물게 하면 사람들이 엄마 흉을 볼 거야. 또, 지금 쓰고 있는 객실도 이 호텔 대표님의 선의지? 세화 너도 언제고 그 선의에 기댈 수만은 없어."

"……"

강미자의 말은 타당했다.

가십거리를 좇아 집 앞에 진을 치고 선 기자들도 마음만 먹으면 언제든 내쫓을 수 있으니 이제 와서 그 핑계를 댈 수도 없을 것이다.

오히려 이 상황, 조세화가 사업가로서 전면에 나선 지금 그녀 가정에 불화가 있다는 징후를 보이면 지금껏 구축한 이미지에 더 큰 타격이 가리라.

그래서 조세화는 강미자의 말에 반박할 수 없었다.

"네가 가기로 한 유학까지는 말리지 않으마. 세화 너도 심사숙고해서 내린 결정일 테고, 엄마도 네가 한국에서 계속 학교를 다니는 건 내키지 않으니까."

"……엄마."

"그러면 온 김에 엄마랑 집에 가자. 짐 챙겨서 내려오렴. 체크아웃은 엄마가 해 둘게."

조세화는 자신이 모친과 친하지 않은 건 이따금 보여 주곤 하는 그녀의 강압적이고 일방적인 태도 때문이었다는 걸 새삼 깨달았다.

그래서 조세화는 자신을 아껴 주는 조성광에게 보란 듯이 더더욱 응석을 부렸고, 조성광은 그런 조세화의 울타리로 남아 주었다.

하지만 이제는 조세화의 응석을 받아 주며 그 방패막이가 되어 줄 조성광도 더 이상 세상에 없었고, 생물학적 모친이 나서게 된 이상, 조세화가 그간 사업가로서 법정 대리인을 알아보려 사방팔방 뛰어다닌 보람도 없게 되었다.

'하지만 이대로는…….'

순간, 조세화는 자신이 호텔로 가지고 온 짐 중에 무엇이 있는지를 떠올렸다.

"엄마, 잠깐만."

"응?"

조세화는 객실을 나서려는 강미자를 붙들어 세웠다.

"한 가지 물어볼 게 있어."

"뭐니?"

"잠시만."

조세화는 얼른 탁자로 가 헝클어진 서류를 뒤적였다.

'여기 잘 놔뒀는데……. 아, 찾았다!'

찾던 물건을 찾아낸 조세화는 강미자에게 다가가 불쑥 사진 한 장을 내밀었다.

"이게 뭐니?"

강미자는 사진을 받아 쓱 훑었고, 조세화는 그런 강미자의 표정을 살피며 대답했다.

"할아버지 서재에서 찾았어."

"그렇구나."

"혹시, 엄마가 아는 사람이야?"

사진에서 시선을 떼고 조세화를 물끄러미 바라보던 강미자는 고개를 저었다.

"모르겠는걸."

"아니, 닮지 않았어? 엄마랑……."

"얘는."

강미자가 픽 웃었다.

"그러고 보니 닮은 것 같긴 하네. 그래서 그게 궁금했니?"

"……."

눈 하나 깜짝하지 않는 강미자를 보며 조세화는 '이게 아닌데' 싶은 기분이 들었다.

"……혹시 외할머니라거나."

그래서 조세화는 기어들어 가는 목소리로 중얼거렸고, 강미자는 그 말에 눈을 동그랗게 뜨더니 웃음을 티뜨렸다.

"정말, 얘가 무슨 말을 하나 했더니."

"……."

"아니야."

강미자는 조세화의 의혹을 부드럽지만 단호하게 부정했다.

"음, 그래. 집에 가면 엄마네 가족사진 앨범이 있거든? 가거든 그걸 보여 줄게."

"……그런 게 있었어?"

"응. 엄마도 여간해서는 꺼내 보지 않았지만……. 네 외할머니는 세화가 태어나기 전에 돌아가셨거든."

조금 침울한 목소리가 된 강미자는 일부러 그러듯 밝은 어조로 고쳐 말을 이었다.

"그래서 엄마는 엄마도 모르게 그런 걸 일부러 생각하지 않으려고 했나 봐. 세화한테는 몹쓸 짓을 했네."

"아니야."

조세화는 당황하며 손사래를 쳤다.

"나야말로…… 그냥 혹시나 했던 거니까."

"그런데, 세화가 보기에는 이 사진 속 여자랑 엄마가 그렇게나 닮은 것 같니?"

"으응……. 조금."

실은 꽤나 많이.

"그런가."

강미자가 고개를 끄덕였다.

"우리끼리 하는 이야기지만, 혹시 아버님의 옛날 애인이라거나 그런 거 아닐까?"

"할아버지의?"

"응. 그러니까 아버님도 소중하게 간직하고 계셨던 거겠지?"

강미자는 잠시 생각에 잠긴 얼굴을 했다가 다시 말을 이었다.

"아버님도 남들에게 말 못 할 이야기들이 있었던 걸 거야. 그러니 이 일은 우리끼리만 아는 비밀로 해 두자. 우리까지 이 일로 왈가왈부한다면 하늘에 계신 세화 할머니가 서운해하실 거 같으니까."

"으, 으응……."

'우리끼리만 아는 비밀'이란 말에 이미 유상훈에게 사진 속 인물을 찾아 달라는 의뢰를 했던 조세화는 속이 뜨끔했다.

"그러면 얼른 짐 챙기렴."

강미자가 어조를 고쳐 말했다.

"엄마는 밑에서 기다리고 있을게."

"응. 알았어."

강미자가 자리에서 일어나 호텔 방을 나섰고, 홀로 남겨진 조세화는 쓴웃음을 지으며 사진을 들여다보았다.

'그냥 닮은 사람……인 건가?'

조세화는 한숨을 내쉰 뒤, 사진을 책갈피 삼아 금융관련 서적 사이에 고이 끼워 넣은 뒤, 주섬주섬 짐을 챙기기 시작했다.

호텔 방을 나선 강미자는 엘리베이터에 올랐다.

'그 애도 참, 설마하니 그렇게 직설적으로 물어볼 줄이야.'

약간이지만 그 충동적인 면모는 분명 조성광을 닮은 것이리라.

'그래도 이걸로 일단은…….'

조세화가 호텔에서 지내는 동안 강미자는 본가에 연락하여 '가족사진'이라고 할 만한 것을 부탁했고, 얼마 전 일본에서 소포가 도착했던 바였다.

조세화도 강미자가 야마구치구미의 양녀로 그 집에 들어간 것이라는 복잡한 사정은 모를 터.

'그땐 그 사진을 찍기가 참 싫었는데.'

고등학교 재학 당시, 강미자는 야마구치구미에 '팔려'가다시피 그 집안의 양녀가 되었다.

인맥과 의리를 중시하는 옛 야쿠자 집단은 혼인으로 서로를 돈독히 맺기도 하였으니, 강미자도 자신이 그들의 정략결혼용 물건으로 취급될 것쯤은 짐작하고 있었다.

조세화에게 보여 줄 '가족사진'은 그 당시에 찍은 것으로, 강미자에게는 그 외에도 학교를 졸업하며 찍은 졸업식 당시 사진 등도 갖춰 두고 있었다.

'……어쩌면, 나는 처음부터 조성광에게 줄 선물로 준비되었던 건지도 모르겠네.'

생각했더니, 저도 모르게 픽 하고 웃음이 새어 나왔다.

'설령 그렇더라도 상관없지.'

남들은—특히 그녀의 '현재' 친가인 야마구치 일파는—그런 강미자가 조광 일가를 원망하고 있으리라 생각하고 있을지 모르지만, 그렇지 않았다.

오히려 그녀의 원망은 야마구치 일파를 향해 있었고, 여건상 자주 만나지는 못했으나 조성광은 그녀에게 비교적 신사적으로 잘 대해 주었다.

'나도 그가 나를 어머니의 대체품으로 여기고 있었다는 것쯤은 알고 있었어.'

그래도 어쩌겠는가. 사실 강미자는 입장을, 나이 차를, 세대를 뛰어넘어 조성광을 흠모하고 있었던 것을.

그런 사정을 잘 알고 있는 조세광과도 비록 부부의 연을 맺지는 않았지만, 그와는 좋은 친구로, 상담자로 잘 지내 왔다.

'그이가 조세화를 께름직해하며 거리를 둔 것까지는 나도 어쩔 수 없었지만.'

강미자는 이제라도, 조세화를 위해 할 수 있는 걸 해 주기로 마음먹었다.

'그래, 내가 이렇게 움직일 수 있는 것도 그 사람 덕분이려나.'

그 꿍꿍이속은 알 수 없지만, 은혜를 입은 건 사실이니.

'그럼…… 앞으로는 어떻게 될까.'

그 사람 말대로 움직이게 될까, 아니면 그라도 예상 못 한 어떤 변수가 생겨 일이 틀어지게 될까.

그걸 지켜보는 것도 꽤 흥미로울 듯하다.

"후아, 오랜만에 잘 먹었다."

"그래?"

"응, 어제 TV에서 보고 한번 먹어 보고 싶었거든. 장여옥의 반응도 이해가 가. 나중에 재방송하면 자기도 챙겨 봐. 알았지?"

"······그럴게."

강이화의 말에 오명태는 차마 '나도 어제 호텔에서 남정네 넷이 모여 함께 보았다'는 말은 하지 못하고 멋쩍은 웃음만 지었다.

'아, 김강철 형사는 방송이 끝나고 왔으니 셋이서 본 건가?'

뭐가 됐건 아내에겐 여러 이유로 말하지 못할 비밀인 셈이었다.

오명태의 J&S컴퍼니 입사 선물은 아파트를 받는 것에서 그치지 않았고, 이성진은 신화호텔 숙박권까지 제공했다.

난생처음 묵어 본 5성 호텔 스위트 룸에 강이화는 눈을 반짝이며 감탄했고, 호들갑도 잠시, 두 사람은—심지어 딸은 호텔에서 서비스로 맡아 주었다—이제 막 한식당에서 식사를 마치고 나오는 길이었다.

'좋아하니 다행이네.'

어제 방송의 여파인지 예약 인원이 꽉 차다 못해 밖에서 줄까지 서 있었지만, 그들은 그조차 프리 패스.

오명태는 요소요소 배여 있는 이성진의 세심한 배려를 느끼며 식사를 마칠 수 있었던 것이다.

'흠, 천하의 김철수 요원도 오늘 같은 요리는 먹어 보지 못했겠지.'

그렇게 생각했더니 오명태는 까닭 모를 승리감에 가슴이 뿌듯했다.

"그러면."

강이화가 다시 입을 뗐다.

"이제부턴 오빠랑 한잔하러 가는 거지?"

"응."

쇼핑까지 마치고, 헤어지는 길에 강이찬은 오명태에게 '술이나 한잔하자'는 제안을 해 왔다.

하지만 그게 매제와 형님 사이의 단순한(?) 술자리일 턱은 없었고, 오명태는 아마 꽤 공적이고 진중한 이야기가 오갈 것이라고 생각했다.

평소 같으면 오명태가 밖에서 술을 마시고 들어오는 걸 싫어하던 강이화도 강이찬과 술자리라고 하니 '오빠도 벌써 그런 나이가 됐네?' 하며 흔쾌히 보내 주기로 했다.

"그러면 나는 여보 없이 선희랑 호텔에서 단둘이 있어야겠다."

"미안."

농담 삼아 하는 말이겠지만, 조금 뒤끝은 있군.

강이화가 웃으며 말했다.

"일찍 들어오라는 말은 안 하겠지만 너무 많이 마시지는 말고."

"응, 알았어."

객실로 향하는 동안에도 강이화는 잔소리 아닌 잔소리를 계속 늘어놓았다.

내색은 하지 않지만, 본인도 오랜만에 생이별한 오빠를 만나 반가운데 남자들끼리만 회포를 푸는 것이 조금은 서운한 모양이었다.

"그럼 다녀와."

"응."

강이화는 오명태의 뺨에 뽀뽀를 쪽 해 준 뒤 객실로 쏙 들어갔고, 아내가 방으로 들어가자마자 오명태는 헤벌쭉 웃으며 몸을 돌렸다.

그러다가 오명태는 옆 객실에서 나오던 어느 여자애랑 눈이 마주쳤다.

"……."

"……흠, 흠."

거의 자기 몸만 한 크기의 캐리어를 끌고 나온 여자애는 일부러 헛기침을 하곤 캐리어를 질질 끌며 엘리베이터로 향했고, 오명태도 뻘쭘한 얼굴로 여자애를 따라갔다.

'아니, 그냥 방향이 같을 뿐인데.'

괜히 민망해진 오명태가 여자애에게 말을 걸었다.

"엘리베이터로 가니?"

"네."

여자애는 조금 경계하는 낯으로 대답했다.

"무겁겠다, 들어 줄게."

"아뇨, 괜찮아요."

"바로 앞인데 뭘."

"정말로 괜찮은데…….. 감사합니다."

여자애는 마지못해 오명태의 손에 캐리어를 맡겼다.

"어디, 주차장으로?"

"아뇨, 1층으로요."

"아, 부모님이 기다리고 계시니?"

"로비까지만 가면 호텔에서 도와줄 거니까요."

"그럴 거면 아저씨가 차 까지 짐 옮기는 거 도와줄게."

"안 그러셔도 돼요."

묘하게 벽을 친다는 느낌이 들었지만 오명태도 오늘은 기분이 좋아서 그런지, 괜한 친절(참견)을 베풀고 싶었다.

"나도 나가는 길인데, 뭘."

"…….아뇨, 차가 입구까지 올 거거든요."

"아, 그래?"

"그 정도 서비스는 호텔에서 해 줘요."

"그렇구나. 실은 이 호텔이 처음이어서. 너는 자주 오나 봐?"

"네, 뭐."

소녀는 별 관심이 없다는 얼굴로 대답했다가, 그래도 친절을 베푸는 어른에게 너무 싸가지가 없었다는 걸 자각했는지, 아니면 무슨 말이라도 하지 않으면 어색함을 견디기 힘들 것 같았는지 마지못해 덧붙였다.

"피차 TMI네요."

"TMI? 그게 뭔데?"

"Too Much Information. 제 친구가 그런 말을 하더라고요."

"배운 친구인가 보구나."

"그런……. 네. 뭐, 그 친구도 아직 초등학생이지만요. 아무튼 스쳐 가는 사이치곤 정보가 너무 과하지 않아요?"

아직 초등학생이면서 영어도 곧잘 쓰고, 똑똑한 애들이네.

하긴, 생각해 보니 이 호텔 객실은 스위트룸이 있는 구간이었고, 눈앞의 소녀도 동급인 객실에서 나온 참이었다.

'있는 집 애들은 다 이런가?'

오명태는 문득 오늘 만난 이성진 '사장님'이 생각났다.

'생각해 보니까 걔도 대단한 애였지.'

당시에는 경황이 없어서 상황이 흘러가는 대로 의식을 맡겼지만, 돌이켜 보니 그러면서도 그 상황 자체에 위화감이 없었다는 것이 못내 의아했다.

"제 얼굴에 뭐라도 묻었나요?"

소녀를 보며 생각에 잠겼던 탓일까, 여자애의 볼멘소리에 오명태는 멋쩍은 얼굴로 머리를 긁적였다.

"아니, 왠지 내가 아는 애가 생각나서."

"……그래요?"

"응, 네 또래인데……. 아, 이것도 TMI겠지?"

"네."

말은 그렇게 했지만, 픽 웃은 걸 보니 싫은 기분은 아닌 듯했다.

"스쳐 가는 사이지만, 반갑다. 아저씨는 오명태라고 해."

그동안 만난 사람의 면면이 면면이다 보니 보여 줄 일이 없어서 그렇지, 오명태는 원래 모르는 사람과도 30분이면 친해질 수 있을 정도로 사교적인 성격이었다.

소녀는 오명태가 악수를 권하자, 그 손을 물끄러미 쳐다보다가 손을 잡았다.

"조…….."

"조?"

"……세화입니다."

"그렇구나. 만나서 반가워."

오명태의 말에 조세화는 손을 놓으며 그를 물끄러미 쳐다보았다.

"왜?"

"아뇨, 아무것도 아니에요."

조세화는 그가 자신의 이름과 얼굴을 모르는 것에서 '오늘 임시 주주총회 소식이 아직 뉴스로 안 나갔나?' 하고 생각했다가, '그거 자의식 과잉인가?' 하고 생각을 이어 갔다.

'어쩌면 그동안 외국에 있다가 이제 막 한국에 들어와서 그런 걸지도 모르고.'

그렇게 두 사람은 마침 도착한 엘리베이터에 나란히 올라탔다.

"아저씨는 지하 주차장으로 가시죠?"

조세화가 지하 주차장 버튼을 누르려고 하자, 오명태가 만류했다.

"아니, 1층으로."

"네?"

"일행이랑 거기서 만나기로 했거든."

"……그러셨군요."

그러면서 지하 주차장까지 와 주겠다고 한 걸 보면, 그냥 오지랖이 넓은 건지, 사람이 좋은 건지 모르겠다고 생각했다.

'모르는 사람한테 일방적인 선의를 받아 본 게 오랜만이어서 그런가, 조금 낯서네.'

다음 권으로 이어집니다

꿈의 도약, 로크에서 하십시오
(주)로크미디어에서 신인 작가를 모십니다

즐거운 세상, 로크미디어는 꿈을 사랑하고 도전을 두려워하지 않는 작가분들의 참신한 작품을 기다리고 있습니다. 21세기 장르 문학계를 이끌어 갈 차세대 선두 주자 (주)로크미디어에서 여러분의 나래를 활짝 펴 보시길 바랍니다.

모집 분야 판타지와 무협을 포함한 장르 문학
모집 대상 아마추어 작가, 인터넷 작가
모집 기한 수시 모집
   작품 접수 시 유의 사항
     1. 파일명은 작가명_작품명.hwp형식을 갖춰 주십시오.
     1. 파일에 들어갈 내용은 다음과 같습니다.
       — 성명(필명인 경우 실명을 밝혀 주세요), 연락처, 이메일 주소.
       — 제목, 기획 의도.
       — A4 용지 1장 분량의 등장인물 소개.
       — A4 용지 2장 분량의 전체 줄거리.
       — 본문.
     1. 작품이 인터넷에 연재되고 있다면, 게시판명과 사이트의 구체적이고 정확한 주소를 기재해 주십시오.

선택된 작품은 정식 계약 후 출판물로 간행되어 전국 서점에 유통됩니다.
작가분은 (주)로크미디어의 전폭적인 지원하에 전속 작가로 활동하시게 됩니다.
※ 자세한 내용은 로크미디어 홈페이지(rokmedia.com)를 참조하세요.

(04167)서울시 마포구 마포대로 45 일진빌딩 6층
(주)로크미디어 편집부 신간 기획 담당자 앞
전화 : 02 − 3273 − 5135
www.rokmedia.com   이메일 : rokmedia@empas.com